NARRATORI MODERNI

Della stessa autrice in edizione Garzanti:
Uno splendido disastro
Il mio disastro sei tu
Un disastro è per sempre
Uno splendido sbaglio
Una meravigliosa bugia

JAMIE MCGUIRE

UN MAGNIFICO EQUIVOCO

Traduzione di
ADRIA TISSONI

Garzanti

Prima edizione: maggio 2015

Per essere informato sulle novità del Gruppo editoriale Mauri Spagnol visita:
www.illibraio.it

Traduzione dall'inglese di
Adria Tissoni

Titolo originale dell'opera:
Happenstance (part two)

ISBN 978-88-11-68882-2

Printed in Italy

www.garzantilibri.it

UN MAGNIFICO EQUIVOCO

A Kelly Barrows

1.

Anche se la luce era spenta e la porta chiusa, c'era qualcosa che mi attirava verso la stanza di Alder. Da quando vivevo con i miei veri genitori non l'avevo mai vista aperta, eppure ogni volta che passavo davanti al legno bianco con la scritta ERIN in colori pastello provavo l'impulso di entrare.

"Non lo farò", mi ripromisi.

La seconda sera a casa Alderman Julianne si era seduta sul mio grande letto a sfogliare con me una pila di cataloghi di trapunte, carte da parati e vestiti. Mi aveva chiesto di segnare qualsiasi cosa mi piacesse e doveva aver ordinato tutto perché arrivavano pacchi quasi ogni giorno.

Sentii il trillo del campanello e scesi di corsa le scale di legno cercando di non fare rumore, pur sapendo che Sam e Julianne erano già in piedi, in cucina.

Mi destreggiai tra gli scatoloni per andare ad aprire e sfoderai un ampio sorriso quando vidi Weston scostarsi la frangia dagli occhi con un movimento del capo. Aveva ancora i capelli bagnati e le palpebre un po' gonfie. La notte prima eravamo rimasti alzati fino a tardi a parlare al telefono.

«Dall'odore si direbbe che stiano cercando di nuovo

di attirarti in cucina», disse dandomi un bacio sulle labbra.

«'Giorno», lo salutai quando si scostò.

Lo sguardo gli cadde sul pavimento. «Altra roba?» chiese osservando le varie scatole.

«Altra roba», confermai lanciando un'occhiata sgomenta ai cartoni impolverati.

«Weston!» esclamò Julianne. «C'è un bel piatto pieno di bacon!»

Lui mi superò e mi prese per mano. Percorremmo il corridoio dalle pareti chiare e girammo a destra passando sotto un arco. Julianne adorava le tinte delicate e la luce naturale, come si addiceva a una persona solare. In casa predominavano il bianco e varie tonalità di azzurro, abbinati a tende di tessuto trasparente.

Sui fornelli c'era una pentola di salsa al pepe bianco e, come promesso, in fondo all'isola di granito troneggiava un piatto da portata pieno di bacon croccante.

«Hai fame?» chiese Julianne, allegra. Sopra il maglioncino di angora rosa e i jeans indossava un grembiule a scacchi giallo e blu. I capelli scuri, vaporosi e lucidi come sempre, le ondeggiavano sulle spalle.

Weston mi guardò con i suoi grandi occhi color smeraldo, perché non si era rivolta a lui.

«Mi dispiace», risposi, imbarazzata. Detestavo deluderla, ma da quel che ricordavo non avevo mai fatto una vera colazione e mi sembrava strano mangiare il mattino. Gina aveva smesso di cucinare per me non appena ero stata abbastanza grande da prepararmi un panino da sola. Le mie priorità erano dormire e andare a scuola a piedi, non cuocermi un paio di uova; questo anche se Gina si fosse presa la briga di riempire la credenza e il frigo di provviste, cosa che non faceva.

Julianne scrollò le spalle cercando di sdrammatizzare. «Magari portati dietro un paio di biscotti, tesoro.»

«Ha fatto... i biscotti e la salsa?» indagò Weston annusando i deliziosi profumi.

«E le salsicce», aggiunse lei illuminandosi nuovamente.

Weston guardò prima me, poi l'orologio. «Abbiamo tempo.»

Lasciai cadere delicatamente sul pavimento il mio zaino verde, nuovo di zecca, e mi sedetti su uno sgabello che sporgeva dall'isola. «Sì, certo.»

Julianne si girò, prese due biscotti dalla teglia e li tagliò a metà. Poi, con un piccolo mestolo, li cosparse di salsa.

Weston deglutì, già con l'acquolina in bocca.

«Tua mamma non ti prepara la colazione?» chiesi.

«A volte», rispose. «Ma non cucina bene come Julianne. Non so se ci sia qualcuno in grado di batterla.»

«Oh!» fece lei. «Sai che l'adulazione ti apre tutte le porte in questa casa.»

Mi agitai sullo sgabello, rendendomi conto che non era la prima volta che Weston si sedeva nella cucina di Julianne e assaggiava quei manicaretti con sua figlia. Anche se era una figlia diversa.

«Ha ragione, cara», disse Sam. «Sei una cuoca fantastica e io sono un uomo fortunato.» Afferrò un pezzo di bacon e si avvicinò alla moglie per baciarla. «Se va tutto bene, sarò a casa verso le otto. Ho un intervento tardi.»

Lei annuì e accostò la guancia alle sue labbra.

Sam venne da me e mi diede un bacio sui capelli. «Buona giornata, piccola», disse e poi tacque per un istante. «Stasera lavori?»

Annuii. «Come quasi tutte le sere, dalle quattro alle otto.»

«È un grosso impegno», osservò, triste, Julianne.

«Passi tu a prenderla?» chiese Sam a Weston.

Lui fece cenno di sì.

«Domani posso venire io?» propose Sam sistemandosi gli occhiali e lanciandomi uno sguardo speranzoso, con i suoi occhi perennemente gonfi.

Guardai Weston e annuii.

Sam alzò le spalle. «Vorrei portarti a mangiare un gelato.»

Lo fissammo tutti.

«Scherzavo!» esclamò sogghignando. «Potremmo andare a cena.» Diede un'occhiata alla moglie in cerca di approvazione.

«Certo», dissi, colta un po' alla sprovvista.

Lui mi strinse una spalla, afferrò la giacca e percorse in fretta il corridoio, diretto alla porta sul retro che conduceva in garage.

«Sam?» lo chiamò Julianne. «Il tuo nécessaire!» gridò strizzandomi l'occhio.

Lui tornò indietro di corsa e recuperò la sua borsa di pelle marrone. «Non è un nécessaire», replicò, esasperato, prima di scomparire di nuovo. Pochi secondi dopo la porta si chiuse alle sue spalle.

Udii il basso ronzio della saracinesca del garage che si apriva.

Julianne si scostò i capelli dagli occhi. «Devo tagliarmeli. Mi stanno facendo uscire di testa.» Guardandomi, aggiunse eccitata: «Vuoi venire con me?».

Osservai i miei capelli, quasi dello stesso colore di quelli di Julianne, a parte le mèche. Mi ero fatta la treccia perché erano ancora un po' umidi dalla doccia della sera prima. Li portavo quasi sempre raccolti in uno chignon o in una coda perché mi davano fastidio. Gina qualche volta me li aveva tagliati quando ero alle elementari. L'unica occasione in cui avevo provato a farlo da sola era stata in prima superiore, con un risultato disastroso, perciò li lasciavo crescere. Ora mi arrivavano a metà schiena.

Weston mi guardò.

«Oh, va bene», acconsentii.

«Quanto li tagli?» domandò lui, accigliato.

«Quanto vorrà», rispose Julianne, scherzando solo in parte.

«Era tanto per sapere», ribatté lui alzando le mani.

«Chiamerò per prendere un appuntamento. Quando ti può andar bene?»

Feci spallucce. «Sabato mattina?»

«Aggiudicato», disse lei sciacquando una padella.

Weston si cacciò in bocca l'ultimo pezzetto di biscotto. «Grazie, Julianne, ma adesso è meglio che andiamo anche noi.»

«Certo. Apro io le scatole con le tue cose, Erin. Stasera le sistemerai dove vuoi.»

«Okay, grazie», dissi infilandomi lo zaino. «A dopo.»

«Io... Buona giornata, tesoro.»

«Anche a te», risposi seguendo Weston alla porta principale.

Il grosso Chevy rosso era parcheggiato accanto al marciapiede, già in moto. La carrozzeria sembrava essere stata incerata di recente e le gomme erano lucide.

«Ieri ti sei dedicato un po' al furgone?»

«Da quando ti sei trasferita qui, mi annoio. Dividerti con qualcun altro è più difficile di quello che pensavo.»

«E prima di stare con me cosa facevi?» chiesi.

Volevo solo prenderlo in giro, ma lui fece una faccia strana. Prima passava il tempo con Alder e i suoi amici e non doveva rimanere in disparte per rispettare l'esigenza di Sam e Julianne di conoscere la loro figlia. Ora che Alder non c'era più e che lui aveva smesso di frequentare i vecchi amici, probabilmente si sentiva un po' perso quando io ero con i miei genitori.

Mi aprì la portiera. «Più o meno la stessa cosa. Sognavo di passare del tempo con te.»

Non capii se stesse scherzando. Non sorrideva.

Salii e Weston girò attorno al furgone per mettersi alla guida. Non appena fu al volante, mi prese la mano. Gliela strinsi e lui mi tirò verso di sé.

«Cosa c'è?»

«Vieni qui», disse invitandomi a sedermi più vicino a lui.

Mi accostai un po' e allacciai la cintura. Weston agganciò la sua e inserì la marcia. Tenendo il braccio appoggiato sul sedile alle mie spalle, guidò fino a scuola con una mano sola. Probabilmente lo aveva fatto spesso quando stava con Alder.

Dentro di me trasalii. Dovevo smetterla con quei pensieri, altrimenti mi sarei rovinata la vita.

Quando lasciammo il furgone nel parcheggio per gli studenti e ci incamminammo verso l'ala sud dell'edificio, non mi sentii tutti gli occhi addosso come prima. Non ero a mio agio a tenerlo per mano a scuola, ma a volte Weston si lasciava trasportare dalle emozioni.

Nel rispetto della nuova consuetudine, la prima ora filò liscia, senza molestie. Brady mi lanciava ancora qualche sguardo, ma di curiosità piuttosto che di rabbia.

Non appena suonò la campanella la signora Merit iniziò la lezione. Aveva proiettato quasi tutte le slide sulla lavagna interattiva quando Sara Glenn si protese verso di me.

«Che cos'è quella collana?» indagò.

«Ogni tanto le ragazze si mettono dei gioielli», dissi.

Sara non si scoraggiò. «Deve avertela data Weston. La porti tutti i giorni da quasi un mese.»

La ignorai. Non valeva la pena di risponderle.

«Chrissy North ha detto che ti sei trasferita nella stanza di Alder. È infestata dal suo spirito?»

«No e no.»

«Brendan ha detto che Weston ha detto che avete già fatto sesso nel suo letto.»

Le lanciai un'occhiata circospetta. «Weston non direbbe mai una cosa del genere.»

«Allora è vero?»

«È disgustoso.»

«Il sesso con Weston è disgustoso?» incalzò lei sollevando un sopracciglio.

Sentii il banco premermi contro il petto quando mi allungai verso di lei. «Non ti stanchi mai di ascoltare e diffondere pettegolezzi, Sara? Non è estenuante? Ma forse è l'unico modo in cui riesci a sentirti importante.»

«Ragazze?» ci richiamò la signora Merit.

Mi appoggiai allo schienale, con lo sguardo sul libro e le mani in grembo, in modo che Sara non notasse che tremavano. Ero molto delusa di me stessa per averle dato corda. Cos'avevo che non andava? Io ero superiore a tutte quelle meschinità e non sarei cambiata.

Non appena la signora Merit ci assegnò i compiti, mi misi subito all'opera per rispondere alle ventidue domande alla fine del capitolo. Sara non mi rivolse più la parola, e io preparai lo zaino prima che suonasse la campanella, in modo da potermene andare in fretta.

Weston mi venne incontro all'armadietto e capì subito che qualcosa non andava. «Brady ti ha detto qualche cattiveria?»

Scossi la testa.

«Brendan? Micah? È stato Andrew, vero? Quello stronzetto...»

«No. Nessuno ha detto niente», risposi cacciando il libro di biologia nell'armadietto e afferrando il testo per la lezione seguente.

Weston mi prese delicatamente il mento fra le dita e mi fece voltare verso di lui. «Dimmelo.»

Chiusi gli occhi. «Stanno mettendo in giro voci orribili», ammisi. «Proprio orribili.»

«Per esempio?» Lui ritrasse la mano e inarcò le sopracciglia.

«Non voglio parlarne. Non posso... è terribile.»

«Che abbiamo fatto sesso nel letto di Alder?» chiese.

Lo guardai. «Lo hai saputo?»

«La settimana scorsa. A dire il vero, mi stupisce che ti sia arrivato all'orecchio solo oggi.»

«Mi dispiace tanto. Io...»

Weston divenne paonazzo per la rabbia, ma non ce l'aveva con me. «Non scusarti per loro, Erin. Compatiscili piuttosto. È una cosa così perversa e...» S'interruppe. «Chiunque lo abbia pensato e si sia dimostrato tanto malato da raccontarlo in giro è ben peggio che un pettegolo. E tu non puoi farci niente.»

«Lo so. Non m'importa di quello che pensano di me, ma questo è... Non voglio che Sam o Julianne lo sentano.»

«Gliel'ho già detto. Sanno che non mancheremmo mai loro di rispetto in quel modo.»

Restai a bocca aperta. «Gliel'hai detto? Come hai potuto?»

«È una piccola città, Erin. Preferivo che lo sapessero da noi. Non sei d'accordo?»

«Ma non l'hanno saputo da noi. L'hanno saputo da *te*. Perché non me ne hai parlato?»

Più mi agitavo, più Weston si innervosiva. Deglutì e incupendosi rispose: «Hai sopportato già abbastanza».

«Per favore, non guardarmi in quel modo.»

«In che modo?»

«Con quello sguardo da "oh, poverina". Non ne posso più.»

«Erin», iniziò a dire lui, ma in quel momento suonò la campanella.

«Merda!» esclamai prendendo le mie cose e chiudendo con forza l'armadietto. Mi diressi verso l'aula in parte camminando, in parte correndo.

La seconda e la terza ora volarono. Riuscivo a pensare solo all'espressione di Julianne quando Weston le aveva riferito l'ultimo pettegolezzo. Nell'intervallo lui mi aspettava davanti all'armadietto, ansioso che gli dicessi qualcosa. Quando non lo feci, mi lasciò andare.

Prima di pranzo era di nuovo lì, ma io andai dritta in mensa e mangiai sola. Gli altri studenti osservarono ogni mio gesto, boccone dopo boccone. Non c'era via di scampo. Mi fissavano sia quando stavo con Weston sia quando lui non c'era. Nonostante il loro interesse fosse dettato soprattutto dalla curiosità e non più dalla volontà di darmi il tormento come accadeva prima dell'incidente, era pur sempre un'attenzione indesiderata.

A lezione di igiene il senso d'oppressione che provavo era arrivato alle stelle e l'emotività stava prendendo il sopravvento.

Il professor Morris ci chiese di cercare il significato di alcune parole e si sedette con i piedi sulla scrivania. Mi misi al lavoro sentendo lo sguardo di Weston fisso sulla mia nuca. Lo udii frugare nello zaino e spruzzarsi un po' di farmaco con l'inalatore. Il suo banco cigolò diverse volte quando tentò di mettersi comodo.

Poco dopo la sua mano calda mi toccò la schiena tra le scapole, tanto delicatamente che pensai di essermelo sognato.

«Parlami, ti prego», disse con voce strozzata.

Girai la testa di lato senza voltarmi del tutto. «Non so cosa dire.»

«Dimmi che sono stato un coglione a riferire quella cosa ai tuoi senza prima avvertirti e poi dimmi che non mi odi.»

«Non ti odio.»

Allontanò la mano dalla mia maglietta e lo sentii espirare.

Alzai furtiva lo sguardo e notai che il professor Morris faceva finta di non vedere. Dando una sbirciatina intorno mi resi conto che non era l'unico a essersi accorto del pacato scambio di battute fra me e Weston.

Avvertii una fitta al petto. Erano passate settimane dall'ultima volta che avevo dovuto sforzarmi di trattenere le lacrime, eppure riuscii ugualmente a concentrare i miei pensieri sulla quantità di cocco da aggiungere all'Hawaiian Blizzard e sulle scatole di bicchieri, cucchiai e tovagliolini che avremmo dovuto impilare nel magazzino quando fosse arrivato il camion dei rifornimenti. Immaginai di piegare e contare tutti gli stracci bianchi e logori. Stare al Dairy Queen mi aveva sempre trasmesso un po' di conforto. Non solo perché il lavoro mi teneva occupata la mente, ma perché lì passavo il tempo con la mia più cara amica, Frankie. E a prescindere da quante persone mi ritrovassi davanti, tra me e loro c'era sempre la finestra.

Quando suonò la campanella, ero persa tra le mura del DQ. Weston si alzò e si fermò di fronte al mio banco, ma vedendo che non sollevavo lo sguardo proseguì. Ben presto restai sola nell'aula, o almeno così credetti.

«Ehi», esclamò una voce.

Alzai la testa. Era Brady Beck.

«Davvero ora vivi con gli Alderman?»

Raccolsi le mie cose e feci per andarmene, ma lui mi si parò davanti.

«Scommetto che hanno sempre paura che gli rubi qualcosa. Anche se sei sangue del loro sangue, ad allevarti è stata una tossica.»

Mi limitai a fissarlo, rifiutandomi di rispondere.

Lui mi squadrò con la sua solita aria di superiorità. «Weston ti ha finalmente detto perché d'un tratto si è interessato a te?»

Rimasi in silenzio.

«Forse dovresti chiederglielo», aggiunse allontanandosi.

Nel corridoio, le venature bianche delle piastrelle in finto marmo rosso mi sembrarono tanti minuscoli serpenti albini che strisciavano ovunque, ma soprattutto verso le grandi pareti di vetro che delimitavano la mensa. Le sedie dei quindici tavoli all'interno della sala erano vuote e quando superai la grande sfera di vetro al centro della scuola, sede della biblioteca, decisi di non fare sosta al mio armadietto e di andare dritta a spagnolo, la lezione successiva.

La signora Alcorn mi salutò quando entrai. Ero la prima studentessa ad arrivare e probabilmente l'unica senza il libro di testo.

«L'ho dimenticato a casa», dissi subito, per non dovermi giustificare in seguito davanti a tutti.

«Domani ricordati di portarlo. Ti servirà.»

Annuii e mi massaggiai il collo per scioglierlo un po'. La lezione non era iniziata neanche da dieci minuti quando Micah Norton strappò un pezzetto di carta dal quaderno e me lo lanciò sul banco.

«Weston ti ha già scaricato? Ti stava sempre appiccicato e oggi non vi abbiamo visti insieme per tutto il giorno.»

Non mi girai.

«Easter», mormorò lui.

Era la prima volta che qualcuno mi chiamava così da quando avevamo scoperto che non ero la figlia di Gina. Mi era sempre sembrato spregiativo.

Rimasi immobile. In quel momento Micah non poteva contare sull'appoggio dei compagni, perciò se lo avessi ignorato probabilmente avrebbe mollato. C'erano tre tipi di bulli: quelli come Sara, che avevano un comportamento passivo-aggressivo e di solito infierivano solo quando avevano una giornata storta; altri, come Micah o Andrew, che avevano bisogno di essere spalleggiati dai loro soci; infine quelli come Brady e Brendan, a cui non interessava chi ci fosse attorno. Se prendevano di mira qualcuno, non si fermavano finché non lo avevano fatto a pezzi.

Secondo alcuni libri e articoli sul bullismo che avevo letto, erano le ragazze che tendevano ad accanirsi contro quelle del loro stesso sesso, ma nella mia scuola i soggetti peggiori erano i maschi. Il potere dell'intimidazione li galvanizzava. Spesso il livello e la durata delle crudeltà dipendevano da quanto sostegno trovavano. Nessuno era al sicuro. I loro attacchi erano casuali, sempre improvvisi e spietati. Il modo migliore per difendersi era farseli amici e unirsi a loro. Per uscire da quel circolo vizioso, l'unico rimedio consisteva nel tenere duro fino al diploma. Sapevo bene di essere una delle tante disperate che agognavano l'ultimo giorno di scuola.

La mia indifferenza, associata alla politica di tolleranza zero della signora Alcorn nei confronti del bullismo, indusse Micah a desistere quasi subito. Provai un senso di sollievo, familiare ma anche inquietante. Ero fuori allenamento, nonostante avessi abbassato la guardia solo da poche settimane. Grazie a Dio Micah mi lasciò in pace per il resto dell'ora.

Quando vidi Weston a lezione di arte, era un fascio di nervi. Sedeva sul suo sgabello, che aveva accostato al mio tavolo, dondolando ansioso il ginocchio.

«Perché mi eviti?» disse d'impulso.

«Non ti evito», risposi a voce bassa, sperando che abbassasse a sua volta il tono.

La signora Cup entrò in classe e ci avvertì subito che dovevamo andare all'ex pizzeria per dedicarci al murale a cui stavamo lavorando. «Chi ha bisogno di un passaggio?» domandò.

Weston mi guardò, preoccupato.

Solo due studenti alzarono la mano.

«Potete venire con me o salire in macchina con qualcun altro. Cosa volete fare?» domandò restando in attesa della loro risposta.

Weston continuò a fissarmi negli occhi. «Posso accompagnarti io?»

Uscendo nel parcheggio, allungò la mano per sondare la situazione. Oltre a noi, fuori c'erano solo gli altri studenti di arte e la signora Cup, quindi era meno imbarazzante che all'ingresso o all'uscita dalla scuola, però percepii ugualmente la sua tensione quando ci toccammo.

Non appena la portiera si chiuse, fece un bel respiro. «Perdonami, Erin. Credevo di fare la cosa giusta. Stavo cercando di proteggerti. Ora capisco che è stato stupido parlare con loro senza dirtelo.» Attese la mia replica preparandosi ad affrontare una discussione.

«Mi passerà.» Non ero arrabbiata. Non sapevo cosa provassi, ma era strano che qualcuno si scusasse così con me.

Weston corrugò le sopracciglia, si voltò e inserì bruscamente la marcia. Evidentemente la mia risposta non gli era piaciuta, perciò rimase in silenzio, perso nei suoi pensieri, mentre si dirigeva verso il parcheggio dell'ex pizzeria. Tutti gli altri erano già in piedi vicino al muro di mattoni, impegnati a prendere i materiali per mettersi al lavoro, quando Weston posteggiò.

«Anche per me è tutto nuovo, Erin», mi disse. «Non mi sarebbe importato nulla se Alder mi avesse scaricato. Quando fosse andata al college, non sarei stato male ogni sera all'idea di non rivederla più. So che ti stanno succedendo un sacco di cose pazzesche, e sarebbe più che comprensibile se mi dicessi che non hai tempo da dedicare alla nostra storia... Ma io sono pazzo di te, Erin. Hai idea di quanto questo mi spaventi?»

«Vogliamo parlare di paure? Sai già che mia mamma è un'ottima cuoca perché stavi con sua figlia. Probabilmente avete fatto sesso nella stanza in cui dormo. Conosci la mia casa e i miei genitori meglio di me. Io sto vivendo la vita di un'altra, Weston, quindi ripetimi un po' quanto ti spaventa l'idea di essere mollato.» Restai senza fiato e mi coprii la bocca. Lui espirò come se gli avessi dato un pugno nello stomaco. «Oddio, scusami», strillai. Le mie mani attutirono un po' quelle parole.

Weston scosse la testa e si fregò il labbro con l'indice. «In queste cose non ci sono regole. Forse me lo meritavo, non lo so.»

«Nessuno se lo merita. I tuoi sentimenti sono importanti come i miei. Abbiamo dovuto sopportare tanto, tutti e due. Perdonami», esclamai allungandomi verso di lui.

Quando spense il motore e fece per aprire la portiera, sentii una fitta di paura.

Weston socchiuse la portiera, poi si bloccò. Si girò e mi strinse tra le braccia. Le lacrime che avevo trattenuto per tutto il giorno alla fine sgorgarono, rigandomi le guance.

La signora Cup batté sul finestrino. Ci voltammo e vedemmo solo la sommità della sua testa. Weston aprì la portiera.

«Forza, voi due! Avete un lavoro da fare.»

Mi asciugai gli occhi con le maniche annuendo.

Non appena scendemmo dal furgone con i colori e i pennelli e ci avvicinammo al muro, diverse paia d'occhi ci guardarono in cagnesco. Se al nostro posto ci fosse stato qualcun altro, gli sarebbe toccata una punizione, o almeno una dura predica. Essere una Alderman, un Gates, una Masterson o un Beck significava qualcosa. A Blackwell le regole sembravano non valere per chi portava quei cognomi.

2.

Frankie riempì di gelato il bicchiere rosso e blu che teneva in mano con un movimento fluido, come se effettuasse un massaggio. Era riuscita a calcolare la quantità esatta e a guarnirlo con la giusta dose di salsa alle fragole e di banane, nonostante nel frattempo stesse parlando dei suoi figli e del fine settimana appena trascorso. «Mi sono svegliata con una gomma, due caccole e un lecca-lecca tra i capelli. Voglio dire, può capitare solo a me, no?»

Inarcai un sopracciglio e lei scrollò le spalle immergendo un cono di cialda nel cioccolato fuso. Lo osservò per un istante per essere certa che il cioccolato si fosse solidificato, poi lo riempì di gelato senza produrre la minima sbavatura.

«Mi svelerai mai i segreti per preparare il cono Blizzard?» domandai.

«Che senso ha? Tra poco mi lascerai.»

«Grazie tante. Mancano ancora quattro mesi», replicai, accigliata.

Frankie porse il cono al cliente in macchina e chiuse il vetro. «Non hai più bisogno di soldi, Erin. Torna a fare la ragazza. Goditi la fine dell'ultimo anno.»

Feci una smorfia. «Non ho lavorato tanto per mettermi a chiedere soldi a qualcuno ora.»

«Sono i tuoi genitori, Erin. È questo che fanno i figli. Ed è giusto, te lo meriti.»

«Capisco quello che cerchi di dirmi, ma non voglio dipendere economicamente da qualcuno. Neanche da Sam e Julianne. Inoltre, potrei sentire la tua mancanza... ma anche no.»

«Ah!» esclamò girando il cartello APERTO. «Ti odio.»

«Idem.»

Mentre stavamo sistemando le provviste e ripulendo, sentimmo il rumore dello Chevy di Weston dietro il negozio.

«Mi mancano un po' i tuoi rifiuti quando ti offrivo un passaggio», osservò lei.

«E a me le tue finte richieste, perché sapevi già che avrei rifiutato.»

«Perché da lui ti lasci accompagnare e da me no?» chiese pulendo la macchina del gelato.

«Perché mi permette di guidare», risposi sorridendo.

Frankie allargò le braccia e le lasciò ricadere sulle cosce. «Avresti potuto tranquillamente guidare la mia merdosissima Taurus! Dovevi solo chiedermelo!»

Ridacchiai e la seguii fuori dal magazzino. «'Notte, Frankie.»

«Buonanotte, Erin. Ciao, Weston!» esclamò lei salutandolo con la mano.

Lui ricambio e mi guardò, con il gomito appoggiato alla portiera. «Cosa c'è?»

Dal cappellino bianco e marrone girato all'indietro gli spuntavano alcune ciocche castane. Si era già fatto la doccia e immaginai che, non appena fossi salita sul furgone, sarei stata avvolta dal profumo del suo bagnoschiuma, che adoravo.

Aveva le guance arrossate e il naso appuntito ancora un po' lucido. Gli occhi, due laghi smeraldo contornati da ciglia lunghe e scure, spiccavano sulla pelle abbronzata.

Lo avevo sempre guardato di nascosto, ogni volta che potevo, e ora invece ero libera di farlo per tutto il tempo che volevo. Mi aveva detto un paio di volte di amarmi, ma non era un sentimento recente. Weston Gates si era preso una cotta per me quando eravamo bambini e probabilmente lo avevo sempre amato anch'io, senza tuttavia ammetterlo perché non potevo. Prima non avevo speranza. Adesso, invece, eccolo là che mi sovrastava dal suo furgone, mentre le marmitte annunciavano al mondo che era venuto a prendermi al Dairy Queen secondo quella che era diventata una routine per noi e per chiunque altro nella nostra cittadina.

«Non avrai intenzione di scusarti di nuovo per prima, vero?» indagò, restio a rivangare l'accaduto.

«No, speravo che potessimo fermarci sul cavalcavia prima di andare a casa.»

S'illuminò. «Davvero?» Prima che potessi rispondere, si chinò per aprirmi la portiera. Poco dopo il suo viso riapparve. «Salta su, baby. Ho una Fanta Orange dietro, nel frigo, con il tuo nome sopra.»

Girai attorno al furgone e salii. «Grazie. Sei così romantico!»

Mi attirò a sé e mi posò una mano sulla coscia. «Non c'è di che», esclamò con un sorriso ironico.

Mi diede un bacio sulla guancia, premette l'acceleratore e si immise sulla strada principale, svoltando a sinistra in direzione del cavalcavia. «Il nostro cavalcavia», come lo chiamava.

Meno di dieci minuti dopo eravamo già distesi sul pianale, pelle contro pelle. Percepii la sua esitazione mentre mi baciava e mi scostai per guardarlo negli occhi.

«Cos'hai?» chiesi.

«Niente.»

«Bugiardo.»

«Uh... è imbarazzante», ammise con una risatina nervosa.

«Che cos'è imbarazzante?»

«E decisamente inopportuno. Avrei dovuto parlartene prima.»

«Oddio, cosa c'è?» Pensai agli scenari peggiori, così, qualunque fosse il problema, non mi sarebbe apparso tanto grave.

«Allora, oggi dopo l'allenamento ho ricevuto un messaggio da Julianne.»

«Okay.»

«Sam aveva un po' di tempo prima dell'ultimo paziente e mi hanno invitato da loro per fare due chiacchiere. Hanno toccato quel tasto», affermò, a disagio.

«Quale tasto?»

«Hanno parlato di noi, di questo, del fatto che dobbiamo proteggerci e...»

«Oddio, no!» esclamai sfilandomi da sotto di lui. Mi sedetti di scatto infilandomi la maglietta. «Ti prego, non dirmelo.»

Weston era divertito e non pareva affatto turbato dal fatto che i miei gli avessero parlato della nostra vita sessuale. «Volevano solo assicurarsi che non approfittassi della tua situazione e che, sai, stessimo attenti.

Sanno che hai programmato di andare al college e non vogliono che incasini tutto.»

Mi coprii la faccia con le mani.

«Vuoi sapere quello che mi ha detto Sam?»

Scossi la testa. «A essere sincera, no.»

«Ha detto...» Weston abbassò la voce per imitare Sam. «"Se non hai intenzione di sposarla, tieni giù le mani dal futuro di un altro uomo."»

«Oh, uau! Basta.»

«A quel punto ho risposto: "Bene, allora posso chiedere la sua mano?".»

«Non è divertente.»

Lui scoppiò a ridere. «"No!" ha tuonato.» Prese a scuotere la testa e ad agitare le braccia scimmiottando Sam. «Volevo solo provocarlo un po'.»

«Ti prego, dimmi che non hai ammesso niente», supplicai socchiudendo un occhio.

«L'ho fatto. L'ho confermato.»

Abbassai la testa. «Che facciamo sesso? O che ci proteggiamo? Suppongo tutt'e due le cose.»

«Esatto.»

Mi alzai e mi vestii. Weston non era contento ma non fece discussioni.

«Hai fretta di tornare a casa?» mi chiese.

«Be', sì, dato che sanno quello che facciamo. Ogni minuto di ritardo dopo il lavoro per loro è un'ulteriore conferma del fatto che noi... Tutto questo è orribile. È così imbarazzante!»

«Non siamo più alle medie. Siamo adulti consenzienti.»

«Che vivono ancora a casa con i genitori», gemetti. «Come farò a guardarli negli occhi quando rientrerò?»

«Non sono ingenui. Lo sapevano già.»

«Ma io non sapevo che lo sapevano.»

«Adesso mi confondi.»

«Non mi piace l'idea che pensino che sono una poco di buono.»

«Non lo sei e loro non lo pensano», tagliò corto Weston distogliendo lo sguardo. Mi stava nascondendo qualcosa.

«Sei strano. Cos'è che non mi hai detto?»

Lui scrollò le spalle, palesemente a disagio. «Sapevano di me e Alder. Non ne erano entusiasti ma non hanno mai fatto storie.»

«Scusami se te l'ho chiesto.»

«Scusami tu», borbottò.

Portammo le aranciate nel furgone e tornammo a casa quasi in silenzio. Quando imboccammo il vialetto, studiai l'edificio come se dentro mi aspettasse un mostro.

«Non si metteranno a urlare.»

«Non sono abituata a tutte queste pressioni, a dovermi preoccupare di quello che i miei genitori potrebbero pensare di me o di deludere qualcuno. È stressante.»

«Benvenuta nella mia vita... e in quella della maggior parte delle persone», replicò lui dandomi un colpetto con il gomito e ammiccando.

Scesi e Weston mi porse lo zaino. «Perché ti sei rimessa il grembiule?»

«Non lo so. Tornare a casa senza sarebbe come indossare una maglietta alla rovescia.»

«Bella risposta. Ora vado a casa a farmi una doccia fredda.»

«Se Julianne e Sam mi aspettano al tavolo della cucina per parlarmi del ciclo mestruale o di cose del genere, sarà tutta colpa tua.»

Weston gettò indietro la testa e scoppiò a ridere. «Fa tutto parte del recupero del tempo perduto.»

Feci una smorfia. «Una volta restavo sconcertata davanti all'ingratitudine di Alder, che aveva due genitori così. Ora ascoltami. Sono fortunata che non mi aspettino là dentro davanti a una confezione di birra e non imprechino perché gli compri le sigarette.»

«Non c'è una maniera giusta per affrontare la situazione, Erin. Non angosciarti in questo modo.»

Annuii e mi misi lo zaino in spalla. Sorrisi vedendo che lo Chevy ripartiva solo dopo che ero entrata in casa. Mi avviai verso le scale ma notai la luce in cucina.

«Erin?» disse Julianne con voce tremante.

Lasciai lo zaino ai piedi delle scale, percorsi il corridoio e mi appoggiai allo stipite della porta. Julianne era seduta sul primo sgabello dell'isola, con i capelli raccolti in una piccola coda sulla nuca. Indossava una maglietta di Sam e un paio di pantaloni della tuta. Stringeva una tazza da caffè, ma il liquido all'interno era di un color beige chiaro, sovrastato da una manciata di marshmallow.

«Com'è andata a scuola e al lavoro?» domandò.

Mi sfilai il grembiule dalla testa, slacciai la fettuccia dietro e lo appallottolai. «Tutto bene, direi. E la tua giornata?»

«Bene. Un po' noiosa. Ho sbrigato le faccende domestiche, e con questo intendo che ho messo i piatti della colazione nella lavastoviglie e ho portato fuori l'immondizia, perché Sam è un po' fissato con la pulizia, come avrai notato. Poi ho guardato *Il tempo della nostra vita.* Quell'E.J. è un genio, splendido e perfido.

Mi piacerebbe tanto che lui e Sami trovassero il modo di accordarsi.»

Non sapevo chi fossero, ma Julianne sembrava infastidita dalla loro mancanza di intesa. «Posso darti una mano con i piatti e i rifiuti. Basta solo che mi mostri come accendere la lavastoviglie. Non ne ho mai usata una, ma non sarà tanto difficile.»

Lei liquidò la mia proposta con un gesto. «Ti prego, già così faccio fatica a tenermi occupata.»

«Non hai mai pensato di tornare al lavoro?»

Julianne fissò il frigorifero con lo sguardo assente. «All'ambulatorio? Non lo so. Ho fatto la mamma per troppo tempo... Alder mi teneva sempre molto occupata. Ora non ho più granché da fare...» Il suo sguardo tornò a fuoco. «Oh, Erin, con questo non volevo alludere assolutamente a niente. Non ti paragonerei mai a lei. Adesso basta parlare», disse coprendosi gli occhi con le dita lunghe ed eleganti. Aveva le unghie perfettamente curate, smaltate di un malva chiaro.

Mi avvicinai e mi sedetti sullo sgabello accanto a lei. «Puoi parlare di Alder. L'hai cresciuta. Le volevi bene. Non mi sento ferita o altro.»

Julianne giunse le mani, appoggiò la guancia al polso e mi fissò scuotendo la testa. «Hai detto di essertela sempre cavata da sola, Erin. Devo ammettere che hai fatto un ottimo lavoro.»

Sorrisi.

Mi avvicinò un oggetto. Abbassai lo sguardo: era uno smartphone.

«Sam lo ha caricato, quindi è pronto per essere usato. Comunque il caricabatteria è inserito nella presa vicino al comodino, in camera tua. Il numero è sull'adesivo, dietro.»

Girai il telefono e lessi i sette numeri scribacchiati da Sam sul Post-it. «È mio?»

«Siamo più tranquilli se ne hai uno.»

«Quanto viene a costare? Intendo il cellulare e il canone mensile.»

«Non preoccuparti, ci pensiamo noi.»

«Grazie, ma...»

Julianne posò una mano sulla mia e il suo sguardo si addolcì. «È solo un telefono, Erin. È stata una nostra idea.»

«O-okay, grazie.»

«Ti va una cioccolata calda?»

«Vorrei farmi una doccia e andare a letto, se non ti spiace.»

«Oh, certo», replicò, nascondendo la delusione.

Lo sgabello grattò sulle piastrelle quando lo scostai per alzarmi. Non appena misi piede sulla soglia della cucina, Julianne parlò di nuovo.

«Noi, ehm... abbiamo discusso con Weston di una cosa oggi. Non so se te l'abbia detto, ma non c'eravamo resi conto che si trattava di una faccenda un po' troppo personale e che non era il caso di metterci il becco.»

Continuai a darle le spalle e chiusi gli occhi.

«Perdonaci se abbiamo superato i limiti. Forse ci capiterà ancora di esagerare un po' nel tentativo di recuperare il tempo perduto. Io e Sam ne abbiamo parlato: faremo davvero tutto il possibile per non invadere la tua privacy. Dev'essere particolarmente difficile se prima non... non avevi nessuno che ti sorvegliasse.»

Mi girai. «È imbarazzante», ammisi. «Non ci sono abituata. Mi sento un po' sotto pressione, ma non so... È bello che abbiate sentito il bisogno di dargli una piccola lezione al riguardo.»

Julianne inarcò le sopracciglia e sulla fronte le comparve qualche ruga. «Oh, okay. Be'... buonanotte, tesoro.»

«Buonanotte.»

«Erin?»

«Sì?» dissi facendo di nuovo capolino in cucina.

«Ti sentiresti a disagio se ti dicessi che ti voglio bene? Non c'è bisogno che ricambi.»

«Non penso proprio.»

Sorrise. «Ti voglio bene.»

Era surreale che non mi turbasse l'idea di ricambiare quel sentimento. «Anch'io ti voglio bene, Julianne.»

Mi incamminai in corridoio e la sentii tirare su col naso mentre salivo le scale.

Le lettere pastello sulla porta di Alder erano scomparse. Mi fermai davanti alla sua stanza. Tutto il primo piano era buio, ma da sotto proveniva abbastanza luce da permettermi di vedere. Mi chiesi se fossero in una scatola in mezzo a un mucchio di altre scatole o se Sam e Julianne avessero lasciato tutto com'era. Misi la mano sulla maniglia, poi cambiai idea e arrancai con lo zaino fino alla mia camera.

Gli abiti nuovi, lavati e piegati, erano sistemati sul letto rifatto alla perfezione, su cui spiccava la trapunta che avevo scelto. Era bianca con delle righe orizzontali verde chiaro. Dalla reazione impercettibile di Julianne avevo capito che non era la più elegante che avesse visto, ma dopo avere sfogliato tre cataloghi senza trovare niente che mi piacesse ero un po' stanca. E poi era verde. Quel colore ormai rappresentava il mio leitmotiv, legato al nuovo ragazzo, alla nuova casa, ai nuovi genitori. Alla nuova vita, insomma.

Sistemai nella cassettiera i vestiti che Julianne non

aveva appeso nell'armadio e feci una doccia. Il vapore invase completamente il bagno. Restai sotto l'acqua tanto a lungo che le dita mi si raggrinzirono.

Dopo essermi dedicata con calma alla routine serale, m'infilai sotto le coperte e feci un respiro profondo. La casa era così silenziosa la sera: non c'erano bassi che rimbombavano oltre la parete della mia stanza né televisori con il volume alto, solo il lieve ronzio del ventilatore da soffitto e il fruscio intermittente dell'aria che fluiva nei tubi del riscaldamento.

Proprio mentre mi stavo addormentando udii la voce profonda di Sam mormorare qualcosa a Julianne nella camera da letto di sotto e, qualche minuto dopo, dei passi felpati risalire le scale, prima che la porta si aprisse. Sollevai la testa e vidi che mi stavano guardando entrambi.

«Scusa», bisbigliò Sam. «Controllavamo solo che stessi bene. È un'abitudine.»

«È tutto a posto», dissi appoggiando di nuovo la testa sul cuscino mentre la porta si richiudeva cigolando. Rimasi distesa chiedendomi quante volte avessero sbirciato nella stanza che non aveva più le lettere pastello e come dovesse essere strano per loro guardare ora un'altra ragazza.

In quell'istante provai una strana sensazione, un profondo senso di estraneità a quella casa. Per la prima volta da quando non vivevo più con Gina sentii la mancanza del mio brutto tappeto e del ventilatore sgangherato della mia stanza. Le pareti di quella camera non erano scrostate o graffiate, la moquette era troppo pulita. I rubinetti del bagno non gocciolavano e non erano incrostati di sporcizia, i cassetti del mobile non cigolavano quando li aprivo. Tutto odorava di ammorbidente per l'asciugatrice e del profumo raffinato, particolare di Sam e Julianne. Il letto era troppo comodo, le lenzuola troppo morbide.

Non appartenevo al mondo di Gina e non mi sentivo bene nella vita di Alder. Non c'era abbastanza tempo per fare pratica. D'un tratto l'idea di una cioccolata calda mi sembrò fantastica, ma non volevo svegliare le altre due persone che vivevano lì. Per un attimo desiderai che fossero sbronze o fatte, in modo da poter girare indisturbata per la casa nel cuore della notte; subito dopo, tuttavia, fui assalita da un insopportabile senso di colpa.

3.

«Che cos'è quello?» chiese Weston nel giardino degli Alderman mentre ci avvicinavamo allo Chevy.

Mi voltai e vidi che stava indicando la mia schiena. Nel giardino anteriore, girai su me stessa come un cane che si morde la coda per cercare di capire a cosa si riferisse.

Lui sogghignò e mi tenne ferma mentre estraeva il cellulare dalla mia tasca posteriore. «Questo.»

«Oh. Me lo ha dato Julianne ieri sera.»

«È un telefono.»

«Lo so.»

«Funziona?»

«Penso di sì. Non l'ho ancora acceso.»

Me lo restituì con un sorrisetto furbo. «Non lo hai acceso? Perché?»

Scrollai le spalle e raggiunsi il furgone. «Non ho avuto il tempo di leggere le istruzioni. Non so come si fa.»

Quando ci fummo seduti e allacciati le cinture, mi tese una mano e io la presi. Poi mi tese anche l'altra.

«Che cos'è, una stretta di mano segreta?» chiesi, perplessa.

Weston scoppiò a ridere. «Il telefono, Erin! Dammelo, così ti faccio un corso accelerato.»

Glielo porsi e lui mi spiegò come accenderlo, inserire i contatti e mandare i messaggi. Aggiunse persino un paio di canzoni e mi mostrò come ascoltarle. «Ma a scuola la cosa più importante è questa», aggiunse spostando un minuscolo interruttore sul lato con l'unghia cortissima del pollice. «Esclude la suoneria. Se vuoi, puoi anche cambiarla. Ti mostrerò come fare in un altro momento.»

«Perché dovrei cambiarla?»

«Molti la vogliono personalizzata. Non devi farlo se non ti va, ma è necessario che a scuola tu tenga il telefono in modalità silenziosa. Se suonasse a lezione, potrebbero sequestrartelo.»

«Chi mi chiamerebbe mai a scuola?»

«Io potrei mandarti un messaggio se sapessi il tuo numero. Picchiettò un paio di volte sullo schermo, prese il suo cellulare e digitò dei numeri. «Nessun problema. Ecco fatto.»

Ripresi il telefono. «Forse non volevo dartelo», scherzai, poi mi venne un pensiero che mi rattristò un po'. «Probabilmente sarai l'unico a usarlo.» Il cellulare mi ronzò in mano e abbassai lo sguardo. Era un messaggio.

Weston si chinò e mi mostrò come aprirlo.

Sono Sam (papà). Non scordarti la cena. Ci vediamo stasera. Buona giornata.

D'accordo, risposi lasciando cadere il telefono sulle ginocchia con un sorriso.

«Chi era?» domandò Weston, per nulla contento dell'espressione che avevo sul volto.

«Sam», risposi. «Voleva ricordarmi la cena di stasera.»

«Oh, sì», disse lui, sempre corrucciato, e lasciò il nostro quartiere dirigendosi verso la scuola. Sembrava perso nei suoi pensieri mentre metteva le frecce e rispettava i limiti di velocità com'era solito fare; restò in silenzio finché non ci fermammo nel parcheggio riservato agli studenti ed entrammo nell'edificio.

Invece di prendermi per mano, mi cinse con un braccio, mi accompagnò all'armadietto e mi diede un bacio sui capelli.

«Ci vediamo dopo la lezione», disse allontanandosi. Gli studenti del secondo e del terzo anno che avevano gli armadietti accanto al mio mi fissarono, stupiti di quell'insolita manifestazione d'affetto a scuola.

Misi via lo zaino, presi il testo di biologia e andai in classe. Quando arrivai, il mio banco era vuoto, come del resto molti altri. Era presto, perciò sarebbe stato un buon momento per mettere il compito sulla cattedra della signora Merit. Essere previdente e fare le cose in modo da attirare il meno possibile l'attenzione era un meccanismo istintivo, e probabilmente lo sarebbe sempre stato.

Mentre tornavo al mio posto, Brady Beck entrò e si sedette nel banco di Sara Glenn, di fronte a me. Indietreggiai d'impulso e mi vergognai all'istante della mia reazione.

Lui gongolò. «Glielo hai chiesto?»

«Chiesto cosa, e a chi?»

«A Weston. Gli hai chiesto perché all'improvviso si sia interessato tanto a te?»

«Ne abbiamo già parlato.»

«Allora non ti ha detto la verità.»

«Perché non dici semplicemente quello che hai in testa, così la facciamo finita?»

Il suo sguardo si illuminò al pensiero di tutte le cose che gli passavano per la mente. Stava valutando le alternative, cosa avrebbe dovuto dire e se l'effetto sarebbe stato quello voluto. «No», ribatté infine scostando la sedia e alzandosi. Andò a sedersi al suo posto senza smettere di fissarmi. «Puoi anche togliere la ragazza dalla fogna ma...»

Guardai il telefono e premetti il tasto che Weston mi aveva indicato. Sullo schermo comparve il suo nome e sorrisi, sapendo che aveva inserito il suo numero tra i miei contatti. Era bello poter conversare brevemente con lui per distrarmi, in attesa che l'aula si riempisse di studenti assonnati.

«Te lo hanno dato gli Alderman?» chiese Brady.

La decina di studenti arrivati alla spicciolata si voltarono a guardarmi.

Non alzai gli occhi.

«Che sensazione si prova a trarre vantaggio dalla morte di qualcuno?»

Rimasi in silenzio.

«Non posso credere che ti permettano di prendere il suo posto come se non fosse mai esistita.»

Schiacciai altri tasti sul telefono per cercare di distrarmi.

«Julianne non è mai stata molto sveglia...»

«Chiudi quella cazzo di bocca!» Le parole mi erano uscite fuori di getto, prima che potessi bloccarle. Avevo il petto premuto contro il banco e le mani posate sulle scritte che tanti studenti, del passato e del presente, avevano inciso sul piano nero.

Brady si appoggiò allo schienale, più compiaciuto e soddisfatto che mai. Sapeva come provocarmi. Avevo mostrato un punto debole e ora ne avrebbe approfittato a ogni occasione.

Sara, entrata in quel momento, guardò alle mie spalle e mi girai. La signora Merit mi aveva sentito, perciò mi aspettavo di essere punita.

«Aprite il libro a pagina 283», disse la professoressa sistemandosi dietro la cattedra.

All'intervallo tra la seconda e la terza ora Weston mi raggiunse davanti all'armadietto con un'aria molto diversa rispetto al mattino, quando mi aveva accompagnato a scuola. Aveva il volto arrossato e il respiro affannoso. «Cosa ti ha detto Brady?» chiese.

«Non ha importanza», risposi scuotendo la testa.

«Invece sì. A quanto ho sentito, ha detto che sei contenta che Alder non ci sia più, che trai vantaggio dalla sua morte. Ha anche fatto commenti su Julianne che ti hanno mandato fuori di testa in classe. C'è qualcosa di vero in tutto questo?»

«Parecchio.»

«Perché non me ne hai parlato?» esclamò, vagamente risentito.

«Sei preoccupato?»

«No, sono incazzato. Quasi furioso.»

«Ecco perché.»

Weston si mosse, irrequieto. «Perché vuoi che la passi liscia, Erin? Perché gli permetti di continuare a trattarti così? Meriterebbe di prendersi un pugno in faccia, un calcio nel culo, di finire con il muso per terra... *roba del genere.* Le persone come lui non devono pensare di poter calpestare gli altri come zerbini e continuare indisturbate la loro vita.»

«L'altro giorno non hai detto di provare pietà per loro?»

«Per Brady è davvero difficile provare qualsiasi cosa che non sia disgusto. Non solo per quello che fa a te. Pensa a quando imita Annie Black sulla sedia a rotelle. E che mi dici di Jenny Squires?»

«A cosa ti riferisci?»

«Ha allenato la squadra maschile di basket solo per una stagione perché dopo ogni trasferta doveva lavarsi i capelli pieni di sputi di Brady. Si sedeva dietro di lei, qualsiasi posto scegliesse sul pullman, e le sputava in testa tutto il catarro che riusciva a tirare su, finché non arrivavamo nel parcheggio della scuola.»

«Se lo sapevi, perché non hai detto niente?»

Weston assunse un'aria mortificata. «Hai ragione. Avrei dovuto fare qualcosa, anzi più di qualcosa. Soprattutto per te.»

«Lo hai fatto.»

«Con dieci anni di ritardo, come ha detto Frankie.»

«Meglio tardi che mai. Non puoi salvare il mondo. Ma solo per curiosità: se assistevi a quelle cose ed eri contrario, perché non sei intervenuto?»

Weston abbassò lo sguardo. «Forse sono un codardo.»

«Non è vero, non lo sei.»

«Forse lo sono stato finora.»

Brady ci passò accanto ed emise un fischio di disapprovazione. «Frequenti sempre i bassifondi, Gates.»

Weston lo afferrò per la maglietta e si girò sbattendolo di spalle contro l'armadietto vicino.

Sussultai e feci un passo indietro. Brady sgranò tanto d'occhi e in quella frazione di secondo sembrò che io e lui ci chiedessimo la stessa cosa: "Cosa farà ora?".

«Se non ci pensa il karma a prenderti a calci in culo, lo farò io», esclamò Weston, fremente di rabbia, con un lieve affanno.

«Che diavolo ti prende?» urlò Brady.

Toccai il braccio di Weston e mi guardai rapidamente attorno per vedere se stesse arrivando qualche insegnante.

«Weston?» dissi cercando di mantenere un tono calmo. «Lascialo andare.»

La sua furia svanì a poco a poco e alla fine lui aprì i pugni e mollò la maglietta.

«Se e quando il suo comportamento gli si ritorcerà contro, è affare del suo karma. Come reagiamo noi, invece, è affare del nostro.»

Il respiro di Weston rallentò e le sue spalle si rilassarono.

Brady si allontanò in fretta sistemandosi la maglietta e dondolando la testa, come se meditasse di vendicarsi. In realtà l'unica arma che aveva erano le parole, e lo sapeva. Per quello le usava con tanta malvagità.

Gli studenti si erano fermati solo per pochi istanti, convinti che stesse per scoppiare una rissa, ma era finito tutto tanto in fretta che non avevano avuto il tempo di creare un assembramento e attirare ulteriormente l'attenzione. Come se niente fosse, si avviarono verso le rispettive aule passando gli uni accanto agli altri, simili a due fiumi che scorrono in direzioni opposte, percorrendo ogni giorno la stessa strada senza sapere perché.

«Scusami», disse Weston. «Ho perso il controllo.»

L'affanno, prima quasi impercettibile, era diventato più marcato. Weston faceva fatica a respirare.

«Hai l'inalatore?» chiesi.

Annuì, lo prese dalla tasca, lo scosse e si spruzzò un po' di farmaco. Mi diede un bacio sulla fronte e si allontanò senza dire altro, tossendo a metà corridoio.

Al di là dei vetri della biblioteca notai alcuni studenti che mi fissavano. Scossi la testa e andai in classe. Tra le mura della nostra scuola c'erano ragazzi deboli, tristi, presuntuosi, orgogliosi, tutti lanciati a folle velocità sulla stessa strada verso un traguardo per il quale non erano pronti. Ragazzi che, pur facendo fatica a ricordarsi di prendere il giubbotto prima di tornare a casa, di lì a poco sarebbero stati sguinzagliati nel mondo degli adulti.

Da un certo punto di vista ero contenta di avere imparato da tempo a badare a me stessa. Gran parte dei miei compagni non era in grado di gestire i propri soldi e non sapeva che pastiglie prendere quando stava male. A scuola ci coccolavano, ci rimproveravano e ci dicevano quando mangiare. Dovevamo persino alzare la mano per chiedere di andare in bagno. Nel giro di poche settimane saremmo stati liberi di chiedere prestiti e carte di credito e di firmare contratti per appartamenti che forse non potevamo permetterci, perché ci avevano insegnato a studiare ma non a vivere.

Sebbene quello fosse un dettaglio della mia vita che non mancavo mai di apprezzare, non lo avrei augurato lo stesso a nessuno. Non avrei mai riavuto la mia infanzia. Per molti versi ero sempre stata un'adulta e adesso era difficile adattarsi al fatto di avere due genitori e un ragazzo che desideravano prendersi cura di me.

Quei pensieri svanirono non appena vidi i manifesti sul muro. BALLO DEL GHIACCIO E DEL FUOCO, BIGLIETTI IN VENDITA! annunciavano le scritte glitterate. Dal chiacchierio eccitato nei corridoi si capiva che il giorno del ballo studentesco si stava avvicinando in fretta, come del resto la consegna dei diplomi e l'estate. Il fermento stava raggiungendo il culmine.

Mi sedetti nel banco ripensando a Weston e al sibilo che aveva emesso tentando di respirare. Non sapevo granché dell'asma, e lui non sembrava preoccuparsene più di tanto.

Presi il telefono dalla tasca, controllai i messaggi e cliccai sul suo nome. Mi sembrava il modo più semplice per scrivergli.

La campanella suonò, ma io tenni il telefono sulle ginocchia e digitai il messaggio.

Va meglio?

:) Ehi. Sì. Perché?

Tanto per sapere. Prima mi sembrava che ansimassi.

No. ;)

;)

Infilai svelta il telefono in tasca, eccitata all'idea di aver violato le regole mentre il signor Barrows iniziava la lezione. Avevo visto tanti farlo in precedenza, ma non riuscivo assolutamente a capire perché rischiassero di farsi confiscare il telefono o affibbiare una punizione per una cosa del genere. In quel momento però mi fu tutto chiaro, e mi resi conto che non c'entrava nulla con i messaggi in sé.

Mi ripromisi di non farlo più, ma non sarebbe stata l'unica promessa che avrei infranto quel giorno.

4.

Frankie pulì imprecando lo sciroppo di cioccolato con cui si era imbrattata il grembiule e si coprì all'istante la bocca con la mano. «Oops.»

«Purché tu non lo faccia con l'altoparlante acceso», osservai ammiccando.

«Oggi mi sento un po' sfasata.»

«Nervosa?»

«Perché dovrei?» replicò, pur sapendo esattamente cosa intendessi.

«Ti sei scordata dell'appuntamento con Mark?»

«Sì, in effetti. Grazie per avermelo ricordato», rispose fingendo di guardare qualcosa sullo scaffale accanto alla finestra da cui servivamo i clienti in macchina.

«Sei una tale bugiarda!»

«Che maleducata!» esclamò, sorpresa.

Mi venne la ridarella, e anche a lei. Per un buon minuto tentammo di smettere, ma invano. Un'ora prima era scoppiato un temporale e ora la strada luccicava alla luce dei lampioni.

«Sono così contenta che le giornate si siano allungate», osservò Frankie pulendosi il mascara sbavato. «Ho più tempo per giocare con i bambini quando finisco di lavorare.»

«Mark sa che hai figli?» chiesi.

«Perché questa fissazione per Mark?» ribatté lei. «Probabilmente sì. Vive qui solo da un paio di mesi ma sono sicura che alla Kay Electric lo abbiano già ragguagliato sulla mia affidabilità creditizia e sulla mia vita sessuale. Scherzavo. Non credo.»

«Non è stata Barbara a fartelo conoscere?» dissi. Barbara lavorava nell'amministrazione della Kay Electric e Frankie la faceva ridere ogni volta che veniva a prendere un gelato da noi. Il fine settimana precedente era passata prima di tornare a casa e le aveva raccontato tutto di Mark, il nuovo addetto alla manutenzione arrivato dall'Alabama. Era attraente, dolce e single, e gli piaceva ridere. Barbara le aveva chiesto se potesse dargli il suo numero di telefono e, incredibile ma vero, Frankie glielo aveva scritto su un tovagliolo.

Dopo tre telefonate aveva accettato di uscire con lui. Era tutta la sera che rovesciava cose e faceva confusione con le ordinazioni. Persino Weston se n'era accorto quando era passato a farmi un rapido saluto dopo gli allenamenti.

Frankie guardò l'orologio. «Be', è ora di chiudere, piccola. Come sto?» Sfoggiava un nuovo paio di pantaloni alla pescatora e una camicetta porpora a scacchi che mettevano in risalto le sue curve.

«Coperta di cioccolato, cosa che scommetto gli piacerà.»

Lei scoppiò a ridere e si tolse il grembiule. «Grazie, Erin. Goditi la cena con il tuo... Sam.»

«Sicuro. Mi godrò una fantastica cena con il mio Sam.» Sorrisi. Mi piaceva il suono di quelle parole.

Sentii il rumore della Range Rover in attesa sul retro ancor prima di aprire la porta. Sam sfoderò un ampio sorriso quando i nostri sguardi si incrociarono. Salutai Frankie con la mano e saltai sul sedile del passeggero.

«Sono uscito di corsa e ho dimenticato il nécessaire», disse scherzando. «Ti spiace se passiamo da casa prima di andare a cena? Dentro c'è il mio telefono.»

«Figurati.»

Sam si immise sulla strada dirigendosi a sud. Dopo qualche minuto di silenzio, si schiarì la voce. «Se vuoi, puoi cambiare stazione.»

«Questa va bene.»

«Com'è andato il lavoro?»

«Tranquillo, nel complesso. È passato Weston. Stasera Frankie ha un appuntamento.»

«Julianne voleva chiamarti quando c'è stato il temporale. Le ho detto che non ti saresti spaventata più di tanto», aggiunse ridacchiando tra sé. Notando che non replicavo, mi guardò. «Scusami. Hai avuto paura? Avremmo dovuto chiamarti?»

«No, mi piacciono i temporali.»

Sam annuì, sollevato. «Anche a me. A Julianne invece non tanto. Tempo fa avevamo preso un cane, così quando non ero a casa e scoppiava un temporale lei aveva accanto una presenza amica. Ma si vede che non era destino, perché aggravò l'asma di Sonny.»

«Vuoi dire di Weston?»

Sam rifletté per un istante. «Hai ragione. Forse diede problemi anche a Weston. In quel periodo tuttavia era Sonny a venire da noi tutti i giorni. Per un bel po' Weston si faceva vedere solo quando Peter e Veronica lo costringevano a giocare con le bambine.»

«Sonny aveva l'asma?»

«Non lo sapevi?»

Scossi la testa.

«Non dovrebbe sorprendermi. Lo negava, proprio come fa Weston.»

«Lui non ne parla tanto.»

«Cerca in tutti i modi di fare una buona impressione su di te. Non l'ho mai visto comportarsi così», osservò Sam perdendosi per un attimo nei suoi pensieri prima di tornare al presente. «Comunque sia, dato che Sonny era sempre a casa nostra, decidemmo di dar via... Hum, non mi ricordo neanche come si chiamasse.»

Accostammo al marciapiede e io attesi. Non mi accorsi che Sam non aveva imboccato il vialetto finché non vidi Julianne in piedi vicino a un altro veicolo, non la sua Mercedes classe G bianca, bensì una BMW rossa con un grosso fiocco bianco sopra.

Sam scese e si avvicinò alla mia portiera.

«Non ci credo», mormorai prima che la aprisse.

Uscii. Sam e Julianne erano raggianti.

«Ci siamo persi un po' di compleanni e di Natali», disse lui.

«E il diploma si avvicina», aggiunse Julianne.

Indicai la vernice rossa lucida. «È per me?»

Sam sollevò un piccolo telecomando nero dai tasti argentati. «Serve per aprire la tua nuova macchina. Speriamo che ti piaccia il rosso.»

Per poco non mi strozzai. «Se mi piace...? State scherzando!»

Scossero entrambi la testa e io feci lo stesso.

Il sorriso svanì dai loro volti. Julianne tese le mani e mi si avvicinò. «Ti prego, lasciaci fare. Non so nemmeno a chi sia venuta l'idea, a tutti e due, credo.»

Sam annuì.

«E ti serve una macchina, tesoro. Hai diciotto anni,

lavori sodo e... dovresti avere un mezzo di trasporto», aggiunse lei con voce tremante.

Le loro facce e l'auto divennero macchie indistinte. Prima che riuscissi a frenare le lacrime, avevo le guance completamente bagnate.

Il labbro di Julianne prese a tremare. Un istante dopo scoppiò a piangere anche lei e si coprì la bocca con la mano.

Sam mi abbracciò. «Ti prego, permettici di fare questo per te.»

«Non so neanche come si faccia ad accettare un regalo del genere. Ogni giorno diventa tutto più assurdo, ma in senso assolutamente positivo. Non è per via delle cose...» Quelle parole mi erano uscite di bocca come una specie di sussurro, tanto che non sapevo nemmeno se mi avessero sentito.

Sam mi mise il telecomando in mano e mi abbracciò. «Ha un anno, è in ottime condizioni e per quanto riguarda la sicurezza ha un punteggio di 9,1. Per aprirla c'è il telecomando e la accendi premendo un pulsante. Ho fatto il pieno e controllato io stesso il livello dell'olio. Ti va di portarmi a cena? Potrei mostrarti un po' come funziona.»

Scossi di nuovo la testa. «Non credo che sia il caso. Non ho molta esperienza nella guida e...»

«A volte guidi il furgone di Weston, no?» intervenne Julianne.

Annuii.

«Mi serve un passaggio per il ristorante prima che muoia di fame.» Sam mi stava prendendo in giro per sdrammatizzare un po'.

Mi asciugai gli occhi e guardai Julianne. «Tu hai già cenato?»

Fece cenno di sì. «Passa un po' di tempo con tuo...»

«Con il mio Sam», dissi.

Anche a lui piacque quell'espressione.

Mi rabbuiai. «Non volevo sembrare un'ingrata. Grazie infinite. È incredibile. Mi sembra tutto troppo bello, e questo mi spaventa un po'. Ho la sensazione che più le cose vanno bene, peggio sarà quando finirà. Non le cose. Non intendevo le cose.»

Julianne mi prese il viso tra le mani. «Sei nostra figlia, e noi ti abbiamo comprato un'auto. Tutto qui. Non c'è niente di sbagliato. Non devi pensare che rimarrai delusa. È solo una macchina.»

«Non è solo una macchina.» Guardai la BMW rossa in attesa nel vialetto e poi il telecomando che tenevo in mano. Avevo davvero un'auto. Sarei potuta andare in macchina a scuola e al lavoro. Al college e a fare la spesa. Alla lavanderia automatica, se mai ne avessi avuto ancora bisogno. Non era così, ma avrei potuto farlo. «Non sapete cosa significhi questo per me. Non credo di essere in grado di spiegarlo.»

«Tu non sai che cosa significhi per noi», replicò allora Julianne.

«Mi sento molto agitata all'idea di guidarla», ammisi stringendo le labbra.

Scoppiarono a ridere. Julianne scattò un'infinità di foto mentre Sam mi dava le istruzioni di base e mi salutò quando, *molto* lentamente, feci retromarcia per uscire dal vialetto.

«Stai andando alla grande», esclamò Sam.

Misi la freccia e svoltai a destra. «Da un momento all'altro mi sveglierò», dissi. «È tutto troppo bello per essere vero.»

Lui ridacchiò. «Sono contento che ti piaccia. È un sollievo. Avevamo paura che ti saresti arrabbiata.»

Pensai a come dovevano essersi sentiti nel vedere la delusione di Alder quando le avevano regalato l'auto per il suo sedicesimo compleanno. Allo stop successivo guardai di proposito Sam negli occhi. «Non c'è bisogno che mi compriate dei regali. Il semplice fatto che mi accettiate e mi comprendiate è più di quanto potrei mai chiedere. E comunque questa macchina è assolutamente fantastica. La adoro. Non vi ringrazierò mai abbastanza.»

Il sorriso di Sam si allargò. «Non vedo l'ora di raccontare a Julianne quello che hai detto. Ne sarà così felice!» esclamò mettendosi comodo sul sedile.

Premetti l'acceleratore e quell'auto molto speciale rispose immediatamente, portandoci al ristorante.

Quando arrivammo, impiegai quasi dieci minuti a parcheggiare. Sam mi spiegò come spegnere e chiudere l'auto, poi mi condusse attraverso il parcheggio e fece per aprirmi la porta del ristorante, che tuttavia proprio in quell'istante si spalancò.

Uscirono i Masterson, e Carolyn si lasciò sfuggire un verso di sorpresa. I capelli color platino, radi e sottili dopo tanti anni di decolorazioni, erano raccolti morbidamente in uno chignon basso, il colletto bianco inamidato sollevato dietro e ripiegato con cura davanti. Quando spalancò la bocca, tutta la sua faccia si mosse, come se la pelle fosse troppo tesa. Era quasi scheletrica, mentre il marito Harry aveva qualche chilo di troppo e ansimava per aver fatto pochi passi dal tavolo alla porta. A differenza di Carolyn, non si curò di mostrare alcuna emozione. Si limitò a spostare lo sguardo per capire la causa della reazione della moglie.

Sam mi posò le mani sulle spalle e l'atmosfera si fece subito tesa. «Ciao, Harry. Carolyn.»

Lei si riprese e inarcò un sopracciglio, guardandomi come se Sam mi avesse ripescata dalla discarica e concesso il privilegio di stare in sua presenza. «Così adesso vive con voi?» chiese, la voce piena di sdegno ridotta a un sussurro.

«Non ora, Carolyn», replicò Sam invitandomi a varcare la porta di vetro.

Nel momento stesso in cui feci un passo lei mi si piazzò davanti. «Hai idea di quello che abbiamo passato, Sam?» ribatté, fremente di rabbia.

«Mi sento davvero a disagio a discuterne davanti a Erin. Carolyn, per favore», disse lui facendole segno di scostarsi.

Lei tuttavia non si mosse. «Sono a pezzi. Julianne è la mia migliore amica e ho sempre trattato Alder come una figlia. Non capisci quanto sia malato e perverso tutto questo? Adesso non posso nemmeno parlarle, perché avete la vostra nuova famiglia e lei non vuole "negatività". Mi prende in giro o che?»

Mi adombrai.

Harry rimase immobile, stoico.

Sam guardò prima me, poi Carolyn. «Julianne ha ragione. La nostra priorità è Erin, e non è un bene che voi ci frequentiate, anche considerando...» Mi attirò a sé. «Mi dispiace molto, Carolyn, ma non ho intenzione di discuterne adesso. Abbiamo passato tutti quanti un periodo difficilissimo, e questo semplicemente non è il momento giusto.»

Superammo una seconda porta e venimmo accolti dal direttore di sala. Le pareti erano dipinte a colori vivaci, decorate con elaborati murali, e dagli altoparlanti proveniva una musica spagnola appena udibile al di sopra del sommesso mormorio dei clienti. Decine di teste si girarono a guardarci mentre percorrevamo il corridoio diretti a un tavolo in fondo.

Sam si agitò nervoso mentre il cameriere prendeva le ordinazioni delle bevande e un attimo dopo si allungò verso di me per parlarmi. «Mi dispiace molto per Carolyn. Ovviamente non sapevo che fossero qui. Sono stati molto riservati dopo la scomparsa delle ragazze.»

«È comprensibile.»

«Julianne e Carolyn non la vedono allo stesso modo circa le nostre scelte.»

«Dev'essere molto dura per la signora Masterson», osservai.

Sam tacque, sorpreso dal mio commento, poi ridacchiò. «Sì, be', penso proprio di sì. Julianne di solito è molto... cordiale. Carolyn non è abituata a essere ignorata. Come avrai senz'altro capito, i rapporti fra noi sono un po' tesi.»

«Non credono che io sia vostra figlia?» domandai.

Lui si sistemò sul naso gli occhiali rotondi. «A me e a tua... e a Julianne non importa. A questo punto ci interessa che tu possa vivere una transizione tranquilla e... Oh, Erin, scusami, mi sono espresso da medico.»

«Non c'è bisogno che semplifichi con me, Sam. Sei un chirurgo. Mi aspetto che parli in modo intelligente.»

Lui scoppiò a ridere. «Be', non ti sto parlando da chirurgo. Ti sto parlando come il tuo Sam.»

Sorrisi. Quella definizione mi piaceva sempre di più.

Il mio cellulare ronzò. «È Weston», esclamai. Lessi il messaggio prima in silenzio, poi a voce alta. «"Julianne mi ha mostrato le foto dell'auto. Tosta."»

Sam sembrò contento e mi esortò a scrivergli.

Posso passare a prenderti domani mattina?

Non rispose subito. Pochi minuti dopo il cellulare ronzò di nuovo.

Uau.

Cosa?

Avevo paura che finisse anche quello.

Cosa intendi?

Andare a scuola insieme il mattino. Chiamami prima di addormentarti. Mi piace la macchina.

Okay. Grazie! Anche a me!

Mi inviò uno smile che mandava un bacio con un cuoricino accanto. Non sapevo come ricambiare e non volevo passare tutta la cena con Sam a messaggiare, perciò risposi con la stessa faccina ammiccante di prima.

«Tra voi va tutto bene?» chiese Sam mentre infilavo il telefono in tasca.

Annuii. «Da quando mi sono trasferita da voi è un po' strano.»

«Sì, credo che gli manchi un po'.»

«Per voi è strano? Che passi del tempo con lui e che fosse il ragazzo di Alder?»

Sam rifletté per un istante, ma capii che sapeva già la

risposta. Stava solo decidendo come esprimerla. «Voglio che tu sia felice. Weston è un bravo ragazzo.»
«Puoi essere diretto con me, Sam. Te l'ho chiesto io.»
Lui fece una mezza smorfia. «Stai... rivangando, Erin. Vale quello che ho detto.»
«D'accordo.»

5.

Il ventilatore candido era acceso e girava silenzioso. Non ondeggiava e si confondeva quasi con la pittura bianca del soffitto, che non era né scrostata né crepata. Non c'erano macchie di umidità in corrispondenza delle infiltrazioni dal tetto.

Gli armadi e i bagni di casa Alderman odoravano ancora di vernice fresca: niente a che vedere con il bilocale malandato e pieno di muffa di Gina. Mi sembrava strano non averla più vista da quando avevo saputo la notizia, ma dovetti riconoscere che era stata lei a volerlo. La sua macchina era sempre parcheggiata davanti al supermercato dove lavorava, nello stesso posto, alle stesse ore, ma io non ero mai entrata, soprattutto per il fatto che non sapevo cosa dire ma anche perché Julianne riempiva la dispensa di tutto ciò che mi poteva servire. Era come se si dedicasse a tempo pieno a prevedere e a soddisfare ogni mia esigenza.

Passai il pollice sul telecomando nero dell'auto che tenevo ancora in mano. Non l'avevo posato sul comodino né sul banco della cucina accanto alle chiavi di Sam perché irrazionalmente temevo che, se lo avessi appoggiato da qualche parte, sarebbe scomparso. Tutto quello che mi era capitato nell'ultimo mese era così surreale, così radicalmente diverso dalla mia vita passata che stentavo ancora a crederci. Perciò mi aggrappavo a quel telecomando come alla speranza che il mattino seguente, quando avessi riaperto gli occhi, avrei visto lo stesso bel ventilatore sul soffitto, all'altra estremità del corridoio rispetto alla stanza senza le lettere pastello.

Guardai la sveglia digitale sul comodino e sospirai. Erano le due del mattino. Dopo cena avevo chiamato Weston e avevamo chiacchierato della macchina per un'ora. Avrebbe voluto fare un giro, ma ero stanca. Ora, stesa su un materasso così soffice che vi sprofondavo, tra lenzuola così morbide che mi sembravano un po' unte, pur in senso buono, non riuscivo a dormire.

Attraversai scalza la camera e aprii la porta. Cigolò e mi bloccai all'istante sbirciando in corridoio. Era buio e silenzioso. Sam e Julianne erano andati a letto da tempo.

Misi piede sulla moquette a pelo fitto e avanzai silenziosa fino a ritrovarmi davanti alla porta di Alder. Il battito del mio cuore accelerò quando allungai la mano verso la maniglia chiedendomi se fosse chiusa. Avevo paura di quello che avrei trovato dall'altra parte, come se potesse esserci lei in persona pronta a gridarmi di uscire.

Quando girai il pomo dorato, la porta si aprì cigolando un po', come la mia, e io la spinsi.

La camera era buia, ma il chiaro di luna che entrava dalle finestre la illuminava abbastanza da permettermi di vedere le foto appese tra i nastri incrociati su una lavagna di sughero. Ritraevano le Erin agli allenamenti delle cheerleader e alle partite di football, con Brady, Brendan, Chrissy e ovviamente Weston. Deglutii. Lui aveva un'aria felice. Sentii una fitta allo stomaco, pur ricordando di averlo sempre visto con quell'espressione quando era insieme ad Alder. Con quello sguardo luminoso che era solo per lei. Pensai al modo in cui mi guardava.

"È diverso", mi dissi.

La stanza sembrava pulita e in ordine. Qualcuno aveva spolverato di recente e il letto era fatto. Mi sedetti sulla trapunta bianca e nera e guardai le decorazioni sulle pareti. Mi pareva sbagliato ma anche eccitante, mille volte di più che mandare messaggi durante le lezioni. Alder si sarebbe rivoltata nella tomba se avesse saputo che ero nella sua camera, che vivevo in casa sua e che Weston veniva a trovarmi. Mi chiesi come facessero Sam e Julianne a razionalizzare la cosa, a mantenere l'equilibrio cercando da un lato di rendermi felice e dall'altro di non infangare la memoria della figlia.

Mi avvicinai alla cabina armadio e la aprii. Era simile alla mia. I vestiti erano stirati e appesi a decine di appendiabiti di plastica identici ai miei. Lei tuttavia aveva numerose uniformi da cheerleader, abiti eleganti e scarpe con il tacco alto. In mezzo a tutto spiccava una busta di plastica. Accesi la luce per vedere meglio. Conteneva il vestito per il ballo studentesco.

Cercai di osservarlo bene senza toccarlo ma alla fine decisi di tirarlo fuori. Il telecomando che tenevo ancora in mano mi ostacolava i movimenti, tuttavia alla fine riuscii nell'impresa. Era mozzafiato. Monospalla, lasciava in pratica la schiena nuda dalla vita in su ed era realizzato in un tessuto trasparente, tempestato di cristalli di rocca color argento nei punti da evidenziare. Con addosso quell'abito Alder sarebbe sembrata una dea greca: la immaginai con i capelli raccolti in uno chignon alto. Poi la immaginai con Weston e misi via il vestito.

Sebbene la mia curiosità non fosse ancora soddisfatta, la cabina armadio era l'unico luogo in cui sentivo di poter guardare con la luce accesa. Tastai prima gli abiti e poi le scarpe. Dietro, trovai uno scatolone rettangolare per giocattoli. Era bianco con impresso sopra un paio di scarpette rosa da ballerina, senza coperchio. Conteneva bambolotti e Barbie, alcuni vecchi pupazzetti di McDonald's e quaderni perlopiù bianchi o con qualche disegno infantile di cani e unicorni. Ce n'era uno che raffigurava tre bambine stilizzate con il nome ERIN scritto sopra i capelli pettinati in modo diverso. Capii subito quale delle tre fossi: quella con una matassa arruffata in testa. Le bambine si tenevano per mano e sorridevano. Restai senza fiato. Ricordai quando tutto ciò era accaduto nella vita vera, le risate e l'abitudine di tenerci per mano. Allora eravamo grandi amiche.

Un contenitore di plastica trasparente pieno di quaderni ad anelli attirò la mia attenzione. Lo scoperchiai il più silenziosamente possibile e presi il primo della pila. Era verde, con la scritta DIARIO in pennarello nero sulla copertina. Era la calligrafia di Alder.

Lo posai e lo ripresi in mano. Ripetei quel gesto più volte, cercando di convincermi a non aprirlo.

«Sono i suoi pensieri, Erin. Non osare», sibilai richiudendo di scatto il coperchio. In ogni caso, la mattina dopo dovevo alzarmi presto per passare a prendere Weston a casa e arrivare sana e salva a scuola per la prima volta in macchina. Leggere i pensieri di Alder sarebbe stato sbagliato, e molto; se avessi aperto quel diario, avrei violato un'infinità di principi morali in cui credevo.

Eppure lo feci.

9 ottobre

Non la smettono mai di parlarmi. Non sono mai sola. Eric mi ha mandato un SMS *durante l'allenamento, perciò ho tagliato la corda prima perché il coach se n'era andato e ci siamo fatti una canna. Credevo che Chrissy mi avesse visto uscire dalla sua macchina, ma grazie a Dio non è così. A volte fingo che non m'importi, invece non è vero. Mi importa eccome. Non fanno che tenermi d'occhio, aspettano che combini qualche casino, che finisca per terra. Eric è l'unico che mi prende davvero, anche se solo quando siamo fatti. Tra meno di un anno sarò lontana da questo posto dimenticato da Dio. Non dovrò più sorridere a nessuno di loro.*

12 ottobre

L'ho di nuovo sorpreso a guardarla. Giuro su Dio che troverò il modo di vendicarmi di quella stronza. Non so come ma lo farò.

Lo chiusi perché non volevo sapere se stesse parlando di me. I diari risalivano fino alle elementari. Sollevai le sopracciglia. Aveva riempito un sacco di fogli. Tutti i pensieri più intimi di Erin Alderman erano là davanti a me: avrei potuto leggerli e conoscerli, se solo avessi voluto. Fra gli altri, c'era un quaderno diverso, con la copertina di plastica e il lucchetto argentato rotto. Sul frontespizio c'era scritto IL MIO PRIMO DIARIO.

Chiusi il contenitore, mi alzai e spensi la luce. La privacy di Alder era già stata violata, e lo stesso valeva per la fiducia di Sam e Julianne. In preda al senso di colpa uscii dalla stanza, ripercorsi il corridoio, entrai in camera mia e mi cacciai sotto le coperte.

Dopo aver tentato invano di tranquillizzarmi per alcuni minuti, fissai il ventilatore sul soffitto. Alder stava parlando di me? Cos'avevo fatto? Intendeva dire che Weston mi guardava? No di certo. Anche se lui una volta aveva ammesso che gli piacevo da molto tempo, non me n'ero mai accorta. Tutte quelle domande mi frullavano per la testa, ma non ero sicura di voler conoscere le risposte. Ce n'erano così tante in quelle pagine. Forse avrei persino scoperto perché le Erin avevano smesso di rivolgermi la parola.

Mi girai sul fianco stringendo il telecomando e chiedendomi se Julianne sapesse dei diari. Era piuttosto facile trovarli. Forse rispettava la privacy della figlia, perciò Alder non aveva mai pensato di nasconderli.

Chiusi gli occhi domandandomi di nuovo se fossi io quella che Weston guardava. La prima volta che fossi stata a casa da sola, avrei continuato a leggere fino a scoprire perché Alder mi odiasse, perché si comportasse male con me e perché detestasse tanto Blackwell quando qui aveva tutto. Ma forse non aveva tutto. O forse non lo voleva. Non erano affari miei. Non avrei dovuto leggere quei diari, però sapevo che alla fine la curiosità sarebbe prevalsa, soprattutto perché desideravo da tanto avere quelle risposte.

Solo quando arrivai all'ultimo gradino sentii la fatica. La notte prima avevo stentato a addormentarmi, e in ogni caso avevo dormito poco.

Sam mi superò velocemente, diretto in cucina, dandomi una pacca sulla spalla. «'Giorno, piccola. Controlla sempre l'indicatore del carburante. Oh!» esclamò girandosi e infilando una mano in tasca per prendere il portafoglio. «Usa questa quando fai benzina e se ti serve altro. Be'... con giudizio.»

Rifiutai scostandogli garbatamente la mano. «Ho i miei soldi.»

Lui mi porse, insistente, la piccola carta d'argento. «La tua paga servirà per le piccole spese. Noi penseremo al resto. Prendila, tesoro. Faccio tardi.»

Dopo una breve esitazione la afferrai e cercai d'infilarla nella tasca posteriore dei jeans, ma nel nuovo paio che mi aveva comprato Julianne c'era il bottone, perciò la misi in quella anteriore. Più tardi l'avrei riposta nello zaino. Avere tutte quelle cose mi innervosiva.

«Grazie», dissi.

Sam mi strizzò l'occhio e corse alla porta sul retro che conduceva in garage. «Devo scappare, tesoro!»

«Buona giornata!» esclamò Julianne.

La raggiunsi in cucina. «Io vado.»

«Niente colazione?» domandò lei cercando di non mostrarsi delusa. Su un piatto a fiori spiccava una meravigliosa omelette ripiegata alla perfezione. Accanto c'erano una forchetta su un tovagliolo di stoffa e mezzo bicchiere di succo d'arancia.

«Sei così... È sempre tutto così perfetto. Questa casa dovrebbe essere fotografata per una rivista.»

Lei s'illuminò. «Grazie. A dire il vero lo faccio per passare il tempo. Mi capita di sentirmi un po' inquieta», aggiunse posando le mani sul bordo del banco e guardandosi attorno, «e annoiata, se vuoi saperlo.»

«Non hai più pensato all'eventualità di tornare al lavoro?»

Julianne annuì. «Io e Sam ne abbiamo discusso. Crediamo che sia meglio rimandare un po'. Soprattutto perché in estate sarai a casa più spesso.»

«D'estate lavoro molto», replicai, afflitta.

«A questo proposito», disse mordendosi il labbro, «che ne diresti di ridurre le ore? Avresti più tempo per stare a casa... e con Weston. E per goderti l'ultimo anno e l'estate prima del college. Non per farti pressioni, è solo un'idea.»

«Lavoro tanto per risparmiare per il college.»

«Erin, cara, ti pagheremo noi il college. Quello che hai messo da parte lo spenderai come vorrai.»

«Ehm... è molto generoso, ma tu e Sam avete già fatto troppo. Mi avete dato un posto dove stare e un'auto stupenda. Non potrei accettare altro da voi. E ho una borsa di studio.»

Lei sorrise. «Sono così fiera di te.»

Quelle parole mi colsero alla sprovvista. Non ricordavo che nessuno mi avesse mai detto una cosa del genere.

«Ti sei impegnata tanto e sei una persona così buona nonostante quello che hai passato», aggiunse scoppiando in lacrime. Poi si asciugò in fretta gli occhi. «I risparmi sono solo tuoi. Noi ci occuperemo delle spese che la borsa di studio non riuscirà a coprire. Può sembrarti che abbiamo fatto tanto, ma in realtà è solo perché è successo tutto rapidamente. Se fossi stata sempre qui, il processo sarebbe stato più graduale. Se ti senti sopraffatta, ti chiedo scusa.»

Scossi la testa. «Non devi scusarti di niente, Julianne. Tutto quello che avete fatto è fantastico.»

Lei si addolcì e si allungò sull'isola per stringermi le mani tra le sue. «Sei la nostra unica figlia», affermò sommessamente. «Lascia che ci prendiamo cura di te e che ti rendiamo le cose un po' più facili rispetto al passato. Questo aiuta anche noi.»

Piegai un angolo della bocca in un sorriso. «Forse potrei dire a Patty di cercare qualcuno nei fine settimana e per qualche ora al giorno d'estate.»

Julianne s'illuminò e mi diede qualche pacca affettuosa sulla mano prima di tornare ai fornelli. «Sono eccitata. Potremo andare in città a cena, a fare spese o al museo.»

Il suo entusiasmo era contagioso. «È magnifico!» esclamai sedendomi e mangiando quattro o cinque forchettate di omelette. Bevvi il succo, mi pulii la bocca e presi lo zaino. «A stasera», dissi.

«Okay, cara», mi salutò lei prendendo il piatto.

Percorsi il corridoio diretta alla porta sul retro. Sapendo che sarei uscita poco dopo, Sam aveva lasciato il garage aperto. Scossi la testa. Il pensiero di avere una macchina – niente po' po' di meno che una BMW – per andare a scuola mi sembrava incredibile, eppure eccola là, lucida e stupenda. Aspettava solo che salissi.

Feci lentamente retromarcia e mi diressi con prudenza verso la casa di Weston, dietro l'angolo. Parcheggiai nella via ma, una volta scesa, mi accorsi di essere troppo lontana dal marciapiede e feci per risalire.

Weston uscì sorridendo con lo zaino in mano. «Non preoccuparti, baby.»

Era particolarmente attraente con quel paio di jeans e la cintura alta di cuoio. La polo turchese chiaro lo faceva apparire ancora più abbronzato; al polso sinistro portava l'orologio, al destro un paio di bracciali di cuoio intrecciati. Aveva il corpo magro e tonico da giocatore di baseball e i capelli spettinati ad arte con un filo di gel; nonostante lo sguardo fosse ancora un po' assonnato, gli occhi color smeraldo brillavano come al solito.

Non avrei mai potuto smettere di amare un ragazzo così, che mi chiamava baby. Avevo sempre considerato ridicoli certi nomignoli, ma quando li usava Weston avvertivo un calore diffondersi dalle guance alla punta dei piedi. La noncuranza con cui lo diceva mi dava la sensazione che il nostro idillio non sarebbe mai finito, che non avremmo avuto problemi.

Peter e Veronica uscirono, sorpresi ma felici.

«Che razza di macchina hai!» esclamò Peter.

Scrollai le spalle e scossi la testa. «Lo so. Sono troppo buoni con me.»

«Sciocchezze», replicò Veronica cingendomi con un braccio e stringendomi a sé. «Hai bisogno di un'auto, sciocchina.»

Weston aprì la portiera. «Bene, avete visto la macchina. Ora dobbiamo andare a scuola.»

I suoi ci salutarono mentre partivo, nervosa. Weston mi parlò degli allenamenti di baseball e della verifica di igiene, apparentemente incurante delle mie incertezze al volante. Avevo guidato il suo furgone qualche volta, ma adesso era diverso.

Quando entrai nel parcheggio, gli studenti si fermarono a guardarmi. La Blackwell era una scuola molto piccola e tutti conoscevano la macchina degli altri.

«Mi stanno fissando», dissi, terrorizzata.

«È normale.»

«Diranno che approfitto di Sam e Julianne.»

«Li metterò a posto.»

Parcheggiai e spensi il motore. Shannon LaBlue della classe di arte non esitò ad avvicinarsi. «È tua?» chiese con una voce più acuta del solito.

Diedi un'occhiata a Weston e poi risposi: «Sì».

«Gliel'hanno regalata i suoi», aggiunse lui. «Un vero sballo, eh?»

A me non sarebbe mai venuto in mente di dire una cosa del genere, ma mi piacque come suonava: *i miei.* Sam e Julianne erano miei.

«Una BMW, Easter? Incredibile!»

Annuii, incapace di dire «grazie». Per qualche ragione mi sentivo in imbarazzo. Altri si avvicinarono a guardare. Schiacciai il pulsante per chiuderla e Weston mi condusse per mano all'interno dell'edificio.

A lezione di biologia tutti sapevano già dell'auto. Sara e alcuni altri mi tempestarono di domande non appena mi sedetti nel banco. Brady mi lanciò qualche occhiata ma non disse niente.

Quando raggiunsi la classe del signor Barrows, mi fermai sulla soglia e vidi che dietro la cattedra, al posto del professore, c'era Julianne, intenta a riordinare nervosamente delle carte. Non appena i nostri sguardi si incrociarono, mi fece un mezzo sorriso, in parte mortificata e in parte preoccupata.

«Mi hanno convocato all'ultimo momento. Mi dispiace se ti senti in imbarazzo.»

Gli altri studenti mi superarono con uno spintone per andarsi a sedere. Mi avvicinai e l'abbracciai. Lei restò immobile per un istante, turbata dalla mia inaspettata manifestazione d'affetto.

«Grazie ancora per l'auto», mormorai. «La trovano tutti fantastica.»

Julianne ricambiò l'abbraccio. «Ho cercato di togliermi dalle supplenze», mi sussurrò piano all'orecchio.

Mi scostai. «È bello vederti a metà giornata», replicai sorridendo e proseguii verso il mio banco.

Mi sedetti e lei assunse un'espressione indefinibile. Era persa nei suoi pensieri, ma un istante dopo sorrise e continuò a salutare gli studenti che arrivavano alla spicciolata.

6.

Andai al murale piena di rimorsi, entrai nell'ex parcheggio della pizzeria e fermai l'auto accanto allo Chevy di Weston. Lui era là in piedi con le mani in tasca e un sorriso sul volto.

Il sole, alto in cielo, creava ombre corte sul calcestruzzo dove gli altri studenti erano già al lavoro, armati di pennelli. La signora Cup guardò al di sopra della sua spalla e vedendomi arrivare mi salutò con un cenno.

«Perché ci hai messo tanto?» chiese Weston. «Eri dietro di me.»

«Ho preso un rosso. E guido lentamente.»

«Una lumaca avrebbe fatto più in fretta.»

«Non me ne vergogno», replicai avvicinandomi al muro.

Intinsi il pennello in un vasetto di verde e iniziai a ridipingere le parti scrostate. Weston fece lo stesso con un colore diverso.

«Cosa fai dopo il lavoro?» mi domandò.

«Io... credo di dover parlare un po' con Julianne.»

«Oh, sembra una faccenda seria.»

«Lo è. Spero di no. Forse.»

«Cosa succede?»

«È per qualcosa che ho fatto.»
Lui esitò prima di parlare, dando alcune pennellate. «Sarei contento di saperlo?»
«Probabilmente no.»
«Dimmelo lo stesso.»
«Io... è terribile.»
«Hai rovinato la macchina?»
«No.»
«Le hai rubato qualcosa?»
Allungai il collo. «Cosa?»
Lui si girò e scrollò le spalle, turbato dalle sue stesse parole. «Non so perché l'ho detto. Sto impazzendo per cercare di capire di cosa si tratta. Non penserei mai che ruberesti qualcosa a lei o ad altri.»
Annuii, soddisfatta, ma l'espressione compiaciuta mi svanì all'istante dalla faccia. «È quasi altrettanto brutto.»
«Gesù, Erin, dimmelo e basta.»
«Io... sono entrata nella camera di Alder.»
Weston inarcò le sopracciglia. Guardai l'asfalto sotto i miei piedi e sospirai.
«Ho visto il suo vestito per il ballo. È magnifico.»
Lui annuì. «È bianco. Me ne aveva parlato.»
«Ci sono decine di diari in un contenitore in fondo alla cabina armadio.»
«Li hai letti?» chiese Weston, d'un tratto preoccupato.
Feci cenno di sì e mi sentii avvampare.
Lui non disse niente e riprese a dipingere.
Attesi e, quando il silenzio rischiò di farmi uscire di testa, mi girai verso Weston. «Dillo.»
«Cosa?»
«Che è sbagliato.»
«Cosa c'è scritto? L'ultima annotazione a quando ri-

sale?» Teneva lo sguardo incollato al muro, ma le sue domande erano venate d'ansia.

«Non ho letto molto, solo un paio di pagine. Già così sto abbastanza male. Se ti dicessi cos'ha scritto, starei ancora peggio.»

«C'è qualcosa che mi riguarda?»

«Forse, non lo so. Era tutto vago.»

«Non c'è bisogno che ti dica che è sbagliato, Erin. Lo sai, te lo si legge in faccia. Solo... non toccarli più.»

Aveva ragione, discutere non serviva a niente. Però con la coda dell'occhio lo vidi agitarsi e mi incuriosii. «Alcuni sono molto vecchi. Forse spiegano perché lei e Sonny avessero smesso di parlarmi.»

«Avevano smesso di parlarti perché erano due stronze», ribatté Weston, secco. «Già alle elementari.»

«Alder te ne ha mai accennato?»

In quel momento gli cadde di mano il pennello. Cercò di fare un balzo indietro, ma la vernice gli schizzò i jeans e le scarpe. «Maledizione!» imprecò sollevando le mani.

«Prendi uno straccio bagnato!» esclamò la signora Cup accorrendo. Cercò di aiutarlo, tuttavia la macchia di vernice non fece che allargarsi.

«Posso andare a casa a cambiarmi?»

Lei guardò l'orologio. «Mancano soltanto venti minuti alla fine dell'ora. Va' pure e non correre.»

Weston annuì, mi abbracciò e baciandomi sulla guancia indugiò con le labbra a contatto con la mia pelle. «Non leggerli, Erin. Lei è morta. Niente di tutto ciò ha più importanza.» Poi raggiunse in fretta il furgone e accese il motore. Fece manovra e pochi secondi dopo sentii che lo stava mandando su di giri.

La signora Cup emise un gemito frustrato. «Ragazzi...»

Dopo un'altra mattinata produttiva al murale, ci congedò con cinque minuti di anticipo. Andai dritta al Dairy Queen e parcheggiai la BMW accanto alla Taurus di Frankie.

Non avevo nemmeno chiuso la portiera che la udii strillare. «Che diavolo sarebbe quella?» chiese indicando l'auto.

Mi avvicinai con un sorriso imbarazzato. «La mia macchina.»

«La tua macchina? La *tua* macchina? Sam e Julianne ti hanno preso una BMW? Non dire niente. La risposta è ovvia, ma accidenti, Erin!» esclamò seguendomi nel retro.

Infilai il grembiule e lo legai dietro. «Lo so. Credimi, lo so. Senti... posso parlarti un attimo?»

Ogni eccitazione svanì dal suo volto mentre mi scrutava. «Sì?»

«Julianne vuole che... mi ha detto di chiedere a Patty... ehm... di ridurre le ore.»

Frankie mi lanciò un'altra occhiata. «Hai intenzione di mollare?»

«No», risposi, accalorata. «Desidera che mi goda un po' gli ultimi giorni prima del diploma e l'estate. Vuole che chieda a Patty di avere i fine settimana liberi e di ridurre l'orario estivo.»

«Tu sei d'accordo?»

Feci spallucce.

«Voglio dire», proseguì Frankie, «è chiaro che sei d'accordo. Che adolescente saresti se non volessi più tempo libero? Sì. Dirò a Patty che devi parlarle, ma capisco bene.»

«Sembri arrabbiata.»

«No, cavolo, nient'affatto», replicò lei con un cenno di diniego.

«Immagino che Patty dovrà assumere un'altra ragazza. Resterò a disposizione finché non avrà imparato.»

«Ci penserò io. Non è un gran problema.»

«Ti stai comportando in modo strano.»

«Non è vero.»

Una bambina con il viso tutto sporco di cioccolato si avvicinò alla finestra. Quando nessuno le prestò attenzione, bussò.

Frankie allora le lanciò un'occhiata e poi mise una mano sul vetro per non vederla. «Fila, Milky Way, stiamo parlando.»

«Frankie!» esclamai, perplessa. Aprii la finestra e presi l'ordine. La madre, che aspettava nel minivan, osservò la mia macchina.

Le diedi due coni affogati al cioccolato e un M&M. Blizzard. Chiusi la finestra e incrociai le braccia al petto. «Tu sei arrabbiata.»

Frankie si stava affannando a pulire i banchi già perfetti. «Non sono arrabbiata. Sono delusa, ma tu non c'entri. Siamo sempre state io e te, sai? Come dire, nella stessa barca, bloccate qui.»

«Mi piace lavorare al Dairy Queen.»

«Scommetto che non lo dirai più quando avrai la mia età.»

«A Patty piace.»

«Patty è la proprietaria.»

«Oh, uau!»

«Cosa?»

«È appena arrivata.»

Notando il suo sorrisetto compiaciuto, le tirai un

bicchiere vuoto. Frankie restò a bocca aperta e a quella vista il sorriso cordiale di Patty svanì.

«'Giorno, ragazze. Tutto bene?»

Frankie si chinò a raccogliere il bicchiere. «La principessa Alderman ha una richiesta.»

Stavolta fui io a restare a bocca aperta.

Patty non mosse la testa ma il suo sguardo continuò a guizzare tra me e Frankie. «Sembra che abbia scelto la giornata giusta per fare un salto. Volevo dirvi che mia nipote vi darà una mano quest'estate.» Si girò verso di me. «Ho visto Julianne l'altro giorno e mi ha accennato al fatto che vorrebbe che passassi più tempo a casa. Te ne ha parlato?»

Annuii.

Patty ammiccò. «Ti copriamo noi, stella. Ora fila.»

Allungai il collo e sgranai tanto d'occhi. «Che cosa? Adesso?»

«Sì! Oggi faccio io il tuo turno.»

«Oh, no, Patty, grazie. Ti darei un po' di preavviso.»

Ridacchiò. «Non c'è problema, se a te sta bene. Ne ho già parlato con Julianne e siamo d'accordo. Sai, lei ha ragione: ti sei spaccata fin troppo la tua giovane schiena. Adesso spassatela un po', finché puoi.»

Guardai Frankie, che aveva un'aria persa.

«Ha ragione», disse la mia amica. «Va', piccola. Ti manderò un SMS con i nuovi orari dopo che ne avremo parlato.»

Non provai alcun impulso di andarmene. Rimasi là, sbalordita.

Patty allora assunse un'espressione mortificata. «Non te ne devi andare per forza. Non ti sto cacciando. Julianne ha fatto solo una proposta e, dato che Frankie mi aveva detto che dovevi parlarmi, ho immaginato che si trattasse di questo. Non è così?»

Annuii di nuovo.

Patty sorrise. «Allora okay. Cosa aspetti? Va' da Sonic a prenderti un ghiacciolo o porta un cono a Weston. Si stanno ancora allenando, vero?»

«Ancora per un po'. Fra due settimane hanno l'ultima partita.»

Patty guardò Frankie. «Fa' in modo che sia libera quel giorno. E anche nei fine settimana.»

Lei acconsentì.

«Non lo sapevo», le dissi.

«Già», replicò Frankie. «Non è stato giusto da parte mia trasformarmi in una specie di strega cattiva. Ti avevo detto io stessa che avresti dovuto ridurre l'orario. Non lo so. Forse non credevo che l'avresti fatto davvero. Però mi mancherai.»

Patty tese la mano. «Mi serve il tuo grembiule, Erin. Buona giornata!»

Slegai le fettucce nere dietro la schiena e sfilai il grembiule dalla testa porgendoglielo. «Mi terrai, vero? Non sono licenziata?»

«Ovviamente no, sciocchina!» esclamò Patty colpendomi scherzosamente sul sedere con il grembiule.

Un'auto entrò nel parcheggio e lei mi diede le spalle per aprire la finestra e salutare la famiglia che si stava avvicinando.

«Alla settimana prossima. Da parte mia non ci sono problemi», disse Frankie con un sorriso forzato. «Perdonami, sono stata una stupida.»

«Okay, ci vediamo tra pochi giorni.»

Per qualche motivo, mentre rientravo, feci una deviazione e passai davanti alla casa di Gina. Era quella di sempre. Le finestre sporche, la zanzariera scardinata, il portico bisognoso di una mano di vernice, la recinzione del giardino posteriore rotta. Chissà se aveva lasciato la mia stanza così com'era o se aveva venduto tutto. Lì sembrava che non cambiasse mai niente. Mi chiesi se mi avesse a cuore al punto di non riuscire a guardare le mie cose o se fosse stata tanto sollevata all'idea di liberarsi di me da voler eliminare qualsiasi mio ricordo.

Quando la saracinesca del garage si chiuse lentamente dietro la BMW, spensi il motore. Calò un silenzio assoluto. C'eravamo solo io, il garage e l'odore dell'auto nuova.

Julianne fece capolino dalla porta sul retro con un ampio sorriso. «Sei tornata presto! Hai parlato con Patty?»

Afferrai lo zaino e chiusi la portiera. Superandola, la salutai con un cenno e mi diressi al mio solito sgabello dell'isola in cucina. Lei mi seguì e si appoggiò ai fornelli con le braccia conserte.

«Cosa c'è, tesoro?» domandò. «Patty non si è arrabbiata, vero?»

Scossi la testa. «Ha detto che le avevi già parlato.»

Julianne sussultò. «Oddio, Erin, spero di non aver creato problemi. Non volevo certo obbligarla a ridurti l'orario. Le ho solo detto che mi avrebbe fatto piacere e che te ne avrei parlato.»

«È tutto a posto. Avevo intenzione di... mi ha solo battuto sul tempo.»

«Oh. Allora non ce l'hai con me?»

«No. Ma devo dirti una cosa. Credo che, dopo, sarai tu ad avercela con me.»

«Sì?» esclamò, d'un tratto preoccupata.

«Vorrei aspettare che ci sia anche Sam, per dirlo a tutti e due.»
«Farà tardi.»
«Allora, se lo dico a te, penserai tu a riferirglielo?»
Julianne annuì e si avvicinò posando le mani sul granito dell'isola.
«Io, ehm... sono entrata nella stanza di Alder. Ero curiosa, non che sia una scusa. Ho visto il contenitore con i diari.»
Julianne non reagì. Restò semplicemente in ascolto.
«Ne ho letto uno. Non tutto, alcune pagine.»
Julianne chinò la testa e dopo qualche istante si asciugò un occhio con la mano.
«Mi dispiace. Non avrei dovuto e non capiterà più. Quel che è peggio è che sapevo di commettere uno sbaglio ma l'ho fatto lo stesso.»
Lei mi guardò con gli occhi umidi. «Non sei l'unica.»
«Come?»
«Ho sempre saputo che teneva quei diari e li ho letti prima che morisse. La curiosità è una brutta bestia, vero?» affermò, imbarazzata. «Ma, Erin, non dovresti leggerli. Non ti piacerebbe quello che c'è scritto.»
«Sembri Weston», osservai distogliendo lo sguardo.
«Cosa intendi?»
«Anche lui ha detto che non dovrei leggerli. Si è comportato in modo molto strano al riguardo.»
«Sul serio? E che altro ha detto?»
«Nient'altro.»
A quel punto Julianne si agitò. «Oggi è venuto qui.»
«Eh?»
«Mi ha raccontato che avevi iniziato a leggere i diari di Alder e mi ha chiesto di convincerti a smettere.»
Weston aveva interrotto il lavoro sul murale per cor-

rere a spifferarle tutto? Doveva esserci una ragione se non voleva che li leggessi. Non era solo per evitarmi guai con Julianne: là dentro c'era qualcosa che mi avrebbe ferito, e lui lo sapeva.

«Perché lo ha fatto?»

Lei abbassò lo sguardo, turbata. «Alder non era quella che credevamo, Erin. Certe cose che ha scritto sono... sconvolgenti. Conosceva cose di cui io e Sam non avevamo assolutamente idea. E...» Scosse la testa. «Non li ho letti tutti. Era troppo dura. Non l'ho detto a Sam. Non so come reagirebbe.»

«Resterà fra noi.»

«Grazie», disse, sollevata.

«Julianne? C'è qualcosa che mi riguarda? Voglio dire, che dovrei sapere.»

Lei esitò. «Sì.»

«Posso leggerli?»

«Non so come rispondere a questa domanda, tesoro.»

«Penso... penso di doverlo fare.»

7.

Le mie Converse nere picchiavano contro il cemento delle gradinate mentre salivo fino in cima. I giocatori della squadra di baseball stavano correndo in pista, le magliette impregnate di sudore, le facce rosse. Ero seduta da meno di cinque minuti quando il coach Langdon annunciò la fine dell'allenamento e si precipitarono tutti verso la panchina.

Al termine di una breve riunione, i giocatori uscirono nel parcheggio. C'era anche Weston, che dopo qualche istante tuttavia tornò dentro di corsa e alzò lo sguardo verso il punto in cui mi trovavo. Salì svelto i gradini a due a due e mi raggiunse. Mi prese tra le braccia e premette le labbra sulle mie. Era ricoperto da una leggera patina di sudore, ma non avrei fatto storie neanche se fosse stato cosparso di qualche sostanza tossica.

«Stavo per attraversare la strada, poi ho visto la tua macchina nel parcheggio. Cosa fai qui?»

Scrollai le spalle. «Ho pensato di venire a vedere l'allenamento dato che non te ne restano molti.»

Lui guardò il campo. «Non posso credere che sia l'ultimo anno. Mi mancheranno parecchie cose. Il ballo, il diploma, e poi sarà tutto finito.»

«Hai parlato a tuo padre di Dallas?»

Scosse la testa. «È troppo entusiasta della Duke, Erin. Tutte le volte che provo a sollevare il discorso, non mi sembra il momento giusto.»

«Non ci sarà mai un momento giusto per una cosa del genere. Finirai per aspettare finché sarà troppo tardi.»

«Forse mio padre ha ragione. Magari la Duke è quel che fa per me.»

«Quindi vuoi diventare avvocato?»

Lui fece una smorfia. «No.»

«Weston», esclamai prendendo fra le mani il suo volto sporco e sudato per girarlo verso di me. «Devi dirglielo. Hai una vita sola. Un'unica possibilità. Non sprecarla dietro i sogni di qualcun altro.»

Mi fissò negli occhi. «Dio, sei splendida.»

Abbassai lo sguardo, imbarazzata.

«Hai un cavaliere per il ballo?»

«Sai che non ce l'ho.»

«Ci verresti con me?»

Scossi la testa. «Ne abbiamo già parlato.»

«Ma quando l'abbiamo fatto non avevi ancora una madre come Julianne Alderman. Ti aiuterà lei a trovare un vestito.»

«Non posso chiederle di comprarmene uno.»

«Non ce n'è bisogno. Ti basta dirle che ti ho invitato al ballo.»

«Non so ballare», obiettai, nervosa.

Lui prese la mia collana tra il pollice e l'indice, la baciò e poi mi posò le labbra sul collo.

Sospirai allungandomi per permettergli di baciarmi meglio.

All'improvviso Weston si scostò, accigliato.

«Cosa c'è?» chiesi, stupita dalla sua reazione.
«Non sai di gelato.»
Ridacchiai. «Oggi praticamente non ho lavorato. Mi sostituisce Patty che, su richiesta di Julianne, mi ha ridotto l'orario perché abbia più tempo libero.»
Lui piegò un angolo della bocca verso l'alto e poco dopo sfoderò un ampio sorriso. «Grazie, Julianne.» Mi guardò le labbra e mi baciò dapprima con delicatezza, poi con passione. «Ti prego, vieni al ballo con me», mormorò quasi a contatto con la mia bocca. «Non voglio andarci solo. Non voglio andarci con un'altra, solo con te. Ed è l'ultimo anno. Non me lo voglio perdere. Mi basterà restare solo il tempo necessario a posare per una stupida foto.»
«Capisco, ma davvero non ci voglio venire.»
«Be'», mi bisbigliò all'orecchio, «a volte dobbiamo fare qualcosa che non ci piace. È un'ottima lezione di vita.»
«Hai ragione. Se dirai a tuo papà della Duke, verrò al ballo con te.»
Lui si raddrizzò, sconvolto dalla mia proposta. «Non è giusto, Erin.»
«Hai appena detto...»
«So cos'ho detto. Ma andare al ballo e fare incazzare mio padre non sono esattamente la stessa cosa.»
«Quasi.»
«Verrai al ballo se gli dirò che voglio andare a Dallas? E se risponde di no?» fece socchiudendo gli occhi.
«Questa è una faccenda tra te e lui. Ma se glielo dirai, ci verrò.»
«Affare fatto.»
«Davvero?» replicai, sentendomi subito male.
«Sarà meglio che inizi a cercare un vestito.»

Deglutii.

Restammo immobili per qualche istante, poi Weston intrecciò le dita con le mie e mi accompagnò giù dalle gradinate fino alla macchina.

«Perché non mi segui fino a casa? I miei rientreranno fra un paio d'ore.»

«Ricordi cos'ha detto Sam?»

Annuì. «Di tenere le mani giù dal futuro di un altro uomo. Ma tu non diventerai la moglie di un altro.»

«Ehi, vacci piano.»

«Sai cosa intendo», disse Weston aprendomi la portiera.

«Ci vediamo tra pochissimo», replicai infilandomi nella BMW.

Restai appoggiata al petto nudo di Weston, circondata dalle sue braccia. Il ventilatore ruotava sul soffitto e il mio ritratto spiccava sopra le nostre teste.

«Sono felice che la porti tutti i giorni», osservò lui toccando la collana.

«Sono felice che tu me l'abbia regalata.»

«Ti amo.»

Rimasi immobile chiedendomi se quello che avevo appena sentito fosse vero. In precedenza mi aveva fatto capire cosa provava per me ma non l'aveva mai detto in modo così diretto, a voce alta.

«Erin?»

«Sono contenta.»

«Tu sei contenta», ripeté in tono piatto.

Chiusi gli occhi, consapevole di averlo offeso. «Vorrei dirlo. Solo che mi sembra strano.»

«Che intendi?»

«Penso di sì.»
«Tu pensi di sì.»
«Piantala», sbottai. Mi misi a sedere infilandomi il reggiseno e la maglietta.
Weston sospirò, pentito della piega che aveva preso il discorso.
«Mi fa paura, Weston. Se anche andrai a Dallas, sarai a cinque ore di viaggio. Vivremo lontani. Nessuno resta insieme quando si scelgono college diversi.»
«Questo non lo sai», replicò, corrucciato. «Perché devi essere così negativa? Ci vedremo il più possibile. Ci sentiremo al telefono tutte le sere. Resteremo insieme. Verrai a trovarmi, ti innamorerai di Dallas e finiti gli studi ti trasferirai là.»
«Andrà davvero così?»
«Sì», rispose lui appoggiandosi alla testiera.
«Non sono negativa, solo realista. Non voglio che nessuno dei due si faccia del male.»
«Se non resteremo insieme, allora sì che ci faremo del male. Io andrei a pezzi. Non voglio nessun'altra.»
«Weston, hai diciotto anni. Non sai cosa vuoi.»
Lui si alzò e si infilò i jeans. «Tu di certo non lo sai.»
Finii di vestirmi e mi allacciai le scarpe. «È semplice buon senso. Ora viviamo in un posto piccolo, ma a Dallas ci sono migliaia di donne giovani e belle.»
«Ma di te ce n'è una sola.» Eravamo in piedi ai lati opposti del letto e ci stavamo fissando. Lui spostò nervosamente il peso sull'altra gamba. «Dici... dici questo perché intendi conoscere altri ragazzi a Stillwater?»
«No!»
«Mi sembra che tu voglia tenerti più porte aperte.»
«Dio, Weston, non è affatto così.»
Il suo respiro si fece affannoso. Spostò lo sguardo di

qua e di là sul pavimento, vide l'inalatore sul comodino e lo afferrò. Lo scosse e si spruzzò un po' di farmaco.

«Perché ti agiti tanto? E per quale motivo dobbiamo parlarne proprio adesso?»

«Mi piacerebbe sapere se la ragazza che amo mi considera una soluzione provvisoria.»

«Blackwell è provvisoria.»

«Non resterò qui neanch'io!»

«Lo so! Comunque non voglio fare promesse che non posso mantenere.»

«Be', fantastico. Grazie, tesoro.»

Mi sentii male. Weston stava giocando sporco. «Devo andare. Girai attorno al letto avvicinandomi alla porta, ma lui mi si parò davanti. Fece un respiro profondo, mi toccò le braccia e premette la fronte contro la mia.

«Hai compiti?»

«Una specie.»

«E cioè?»

«Voglio leggere i diari di Alder per scoprire perché aveva smesso di parlarmi.»

Weston si irrigidì. «Pensavo che non li avresti letti.»

«Ho cambiato idea. A Julianne non dà fastidio.»

«Cosa?» urlò lui.

Mi scostai, allibita da quello scoppio di rabbia.

«Cazzo, Erin, non sono affari tuoi. È sbagliato, lo sai!»

Battei le palpebre e strinsi i denti. «Spostati.»

«Benissimo», replicò facendo un passo di lato.

Uscii a precipizio dalla stanza superando Veronica.

«Erin?» esclamò lei.

«Mi scusi, devo scappare.»

Quando fui alla macchina, Weston mi raggiunse, affannato. «Non leggerli, Erin. Non farlo e basta.»

«Perché no? Cos'hai paura che scopra?»

Weston contrasse la mascella e deglutì. Dopo qualche altro istante di silenzio, salii in macchina e tornai a casa. Parcheggiai e corsi su per le scale, diretta nella camera di Alder.

«Erin?» mi chiamò Julianne.

Chiusi la porta e mi ci appoggiai contro, senza fiato. Guardai torva la cabina armadio: ora ero più che mai convinta di dover leggere quei diari, giusto o sbagliato che fosse, per scoprire cosa contenessero di tanto terribile che Weston voleva impedirmi di sapere.

Mi avvicinai a grandi passi, spalancai la porta della cabina armadio e trascinai fuori il contenitore, fin nel centro della stanza. Estrassi tutti i diari, a uno a uno, finché trovai quello con la copertina di plastica. Diedi una scorsa alle descrizioni dei sogni di Alder e dei ragazzini che le piacevano. Terminai di leggere e passai ai quaderni ad anelli. Avrei voluto buttarmi subito su quello della quinta elementare – l'epoca in cui le due Erin avevano smesso di parlarmi –, tuttavia mi costrinsi ad andare per ordine.

Quando infine aprii il quaderno giallo con la scritta QUINTA ELEMENTARE, la stanchezza si stava già facendo sentire. Ogni annotazione che mi riguardava pareva positiva. Eravamo ancora amiche, e io le piacevo. Scriveva di aver chiesto ai suoi genitori di portare me e Sonny in vacanza con loro; Sam e Julianne ci avrebbero pensato su. Girai pagina e arrivai al giorno che mi interessava.

8 ottobre 2008

Ieri ho passato tutta la sera con Sonny. Ha pianto finché non si è addormentata. I suoi hanno litigato per una cosa successa tanto tempo fa. Ha sentito suo papà parlare di uno sbaglio. Carolyn vuole fare un test di paternità. Ha detto che Gina Easter è una troia. Poi ha detto che vuole il divorzio. Sonny mi ha fatto promettere di non dirlo. Detesto vederla piangere, perciò gliel'ho promesso.

23 ottobre 2008

Sonny ha detto che Gina Easter era innamorata di suo papà ma che lui non l'amava. Ha sentito di nuovo i suoi litigare. Non parliamo più con Easter. Sua mamma è cattiva. Fa piangere la mamma di Sonny. La mamma di Sonny ha detto che suo papà va via di casa. Non dirò niente.

Nelle pagine seguenti insisteva su quanto mi odiassero e diceva un sacco di cattiverie sul mio conto. I genitori di Sonny alla fine non avevano divorziato, quindi supposi che avessero trovato un accordo. Solo proseguendo nella lettura capii fino in fondo. Il padre di Sonny e Gina avevano avuto una storia. Harry l'aveva messa incinta. Chiusi il quaderno. Le Erin erano sorellastre.

Mi detestavano perché pensavano che io e Gina avessimo spinto i genitori di Sonny sull'orlo del divorzio.

«Gina», mormorai sfogliando le pagine.

Era di quello che stava parlando Carolyn al ristorante. Io le ricordavo l'accaduto, ero l'unica ormai verso cui dirigere la sua rabbia. Dopo l'incidente Carolyn aveva capito di avere accolto la figlia illegittima di Harry sotto il suo tetto, di averla portata in vacanza, di averle comprato regali per il compleanno e a Natale. Per uno strano scherzo del destino Harry le era sempre stato vicino, malgrado la sua reale intenzione fosse quella di ignorarla e di salvare così il suo matrimonio.

Il mio pensiero andò a Gina. I genitori di Sonny erano un po' più vecchi di lei. Harry era coproprietario di uno stabilimento fuori città e doveva aver avuto poco più di trent'anni quand'era nata Sonny... quando eravamo nate tutt'e tre. Gina, invece, all'epoca in cui era rimasta incinta non aveva nemmeno l'età per comprare gli alcolici. In seguito non aveva mai parlato dell'uomo che avrebbe dovuto essere mio padre.

All'improvviso provai un'immensa compassione per lei. Avevo sempre covato rabbia nei suoi confronti, ma la verità era che sapevamo entrambe cosa significava essere odiate da tutti, non avere nessuno, imparare presto che la miglior difesa era escludere chiunque, perfino chi cercava di aiutarti. Anche se avesse voluto farmi da madre, Gina era troppo distrutta per riuscirci.

Via via che le date sul diario si susseguivano, Alder parlava sempre meno di Gina e sempre più dell'odio che nutriva per me. Più cresceva, meglio descriveva le liti ricorrenti fra Carolyn e Harry – di solito in prossimità dei nostri compleanni – in base ai resoconti che le faceva Sonny. All'epoca delle medie era chiaro che per Carolyn la figlia di Gina sarebbe sempre stata la prova dell'infedeltà del marito. Per questo mi odiava, come le due Erin.

Alder diceva anche di avermi sorpresa a guardare Weston e di aver visto lui ricambiare le mie occhiate decine di volte. Il mio stomaco iniziò a contrarsi.

In quel momento bussarono alla porta.

«Erin?» chiamò Julianne prima di fare capolino nella stanza. I suoi capelli non erano morbidi e brillanti come al solito, bensì tutti arruffati e appiccicati alla testa. Aveva il viso lucido e senza trucco, e indossava un pigiama rosa a fiori e una lunga vestaglia leggera. «Oh, tesoro. Sono le tre del mattino. Non credi che sia meglio fare una pausa?»

Fu allora che mi accorsi di avere gli occhi secchi e le palpebre pesanti. «Ho quasi finito.»

«Okay. Weston ha chiamato un paio di volte, prima. Ha detto che non rispondevi al cellulare.»

«È ancora in macchina, penso.»

Le sue labbra si tesero formando una linea dura e poco dopo mi rivolse un sorriso comprensivo. «Tu sei una pagina bianca, Erin. Non riempirla con le parole di Alder.»

«Lo sapevi, di Gina?»

Annuì. «Credo che lo sappiano tutti.»

Chiusi gli occhi. «Non c'è da stupirsi che Gina fosse sempre arrabbiata. Era sola, criticata da tutti, e l'unica persona che aveva accanto ero io, a ricordarle le sue colpe.»

«Non è così. Tu sei stata concepita per amore. Sei nostra.»

«Hanno sbagliato tutti.»

«Sì.»

«Intendo dire che l'hanno emarginata, mentre lui ha continuato ad avere una famiglia e la sua reputazione. Non è giusto.»

«Hai ragione. Mi dispiace che Sonny e Alder se la siano presa con te.»

«Devo vederla. Anche se non sono ancora pronta, devo parlarle di questa cosa.»

Negli occhi di Julianne comparve un lampo di preoccupazione. «Oh, okay, io, ehm, capisco.»

Lo sguardo mi cadde sul quaderno che tenevo in

grembo e in quell'istante Julianne chiuse la porta. Appoggiai il mento sul pugno e presi a sfogliare i diari di Alder delle superiori. Sapeva che mi piaceva Weston, e quella era l'unica ragione per cui gli era stata dietro. Scriveva di aver perso la verginità ma, con mia gran sorpresa, non assieme a lui. Lo tradiva con Eric Liberty.

Feci una smorfia di disgusto. Eric era un tipo allampanato e pieno di brufoli, sempre fumato. Dopo essere stato bocciato due volte, alla fine aveva mollato gli studi. Alder era innamorata di lui, non di Weston.

Il cielo al di là della finestra stava mutando. Guardai la sveglia. Erano quasi le sei del mattino.

Girai pagina e passai alla prima settimana dell'ultimo anno. Lessi della mia infelicità vista attraverso i suoi occhi e di quanto godesse a infliggermela. Era una delle poche cose che le desse gioia. Odiava Blackwell, la sua casa, la sua macchina, a volte Sam e Julianne. Tra le sue aspirazioni c'era quella di sposare Eric e trasferirsi a San Francisco.

La prima annotazione del mese di ottobre mi fece gelare il sangue nelle vene.

13 ottobre

Si sta appassionando all'idea. È stata Sonny a escogitare il piano più geniale del mondo per indurlo a fare quel disegno a lezione d'arte. Quando Easter capirà che ha ritratto lei, crederà di piacergli davvero e accetterà il suo invito al ballo. E a quel punto riusciremo finalmente a vendicarci in stile Carrie *di quella puttana davanti a tutti gli invitati del cazzo. Copriremo di merda lei e il suo orrendo vestito di seconda mano. Sarà epico.*

Le mani presero a tremarmi e chiusi di scatto il diario lasciandolo per terra con gli altri. Il materasso del mio letto non emise quasi rumore quando mi ci buttai sopra sprofondando la testa nel cuscino. Avrei tanto voluto credere che non fosse vero, ma Alder non avrebbe mai mentito in un diario. Le Erin avevano in serbo per me un ultimo, perverso scherzo umiliante prima del diploma. E Weston le avrebbe aiutate. Il mio ritratto, la collana, l'attenzione, la finta gentilezza facevano parte del piano per svergognarmi davanti all'intera scuola.

Avevo impregnato il cuscino di lacrime. Dopo tutto quello che ero stata costretta a subire, come avevo potuto essere così ingenua? Pensare che Weston d'un tratto s'interessasse a me, senza un motivo. Le serate sul cavalcavia, le chiacchierate fino a tardi, la mia prima volta... faceva tutto parte del piano. Forse l'idea non era stata sua, ma le aveva comunque assecondate. Alder aveva finto di essere gelosa perché sapeva che si trattava di una messinscena. E in ogni caso non le importava di Weston. In cuor suo aveva in programma di stare con Eric.

Continuavo a cercare delle scusanti per Weston, a illudermi che fosse innocente, ma era tutto scritto nero su bianco in quei diari. L'ultima pugnalata di Alder poco prima di morire. Non c'era da meravigliarsi che Weston non volesse che li leggessi. Sapeva esattamente cosa avrei scoperto.

Ma perché era rimasto con me dopo la morte di Alder? Perché aveva continuato quella farsa? Poi capii: mi aveva invitato al ballo. Avrebbe portato a termine il piano. Era innamorato di lei e aveva deciso di esaudire il suo ultimo desiderio.

Quanto malvagi bisognava essere per prestarsi a un

simile disegno? Sapevo che le Erin erano cattive, ma Weston... Ecco a cosa si riferiva Brady. Sapeva che cosa stava facendo. Mi ero concessa a un ragazzo del genere. Gli avevo permesso di toccarmi, di accostare le sue labbra alle mie, di fare l'amore con me.

Corsi in bagno, mi tolsi la collana e la gettai in un cassetto, poi mi spogliai. Il rubinetto gemette quando lo girai e un istante dopo l'acqua cominciò a scorrere. Mi buttai sotto il getto ancora gelido, ansiosa di togliermi di dosso ogni traccia di Weston. Rimasi lì mentre l'acqua si scaldava, a strofinarmi e a singhiozzare, sentendomi completamente distrutta e tradita.

Quando la pelle cominciò ad arrossarsi e raggrinzirsi, chiusi il rubinetto e mi avvolsi in un asciugamano. Udii bussare lievemente alla porta e mi irrigidii.

Julianne fece capolino con l'aria turbata. «Santo cielo, tesoro, sembri esausta. Sei riuscita a dormire?»

«Sono sveglia», risposi. «Perfettamente sveglia.»

8.

Un'ora prima che iniziasse la scuola Sam e Julianne mi aspettavano in cucina. Avevano l'espressione preoccupata e una tazza di caffè in mano.

«So di aver detto che preferivo risparmiare a Sam i dettagli, ma...» esordì Julianne. Non c'era bisogno che finisse la frase: dalla faccia di lui capii che sapeva già tutto.

«Vorremmo poterti dire qualcosa per tirarti un po' su. I padri dovrebbero essere saggi, ma quando ti rendi conto di avere allevato la persona responsabile di...» S'interruppe, rifiutando di formulare fino in fondo il suo pensiero.

«Sam, non è colpa tua», dissi. «Né di Julianne. È stato un crudele insieme di circostanze.»

Lui girò attorno all'isola e mi cinse le spalle con un braccio. «Quando parlo con te mi dimentico di avere davanti una ragazza che va alle superiori. Dovrei essere io a consolarti, non il contrario.»

«Può servire se dico che è uno schifo?»

Mi rivolse un debole sorriso. «Non dopo quello che a detta di Julianne c'è scritto in quei diari. Ma grazie per averci provato.»

«È chiaro che l'educazione non determina il comportamento di una persona», osservò Julianne fregandosi la fronte. «Sei così dolce e buona, Erin, nonostante tutto quello che hai passato!»

«Cosa dirai a Weston?» chiese Sam sistemandosi gli occhiali sul naso lievemente aquilino.

«Sei al corrente anche di questo?» domandai, sorpresa.

«Me lo ha detto Julianne stamattina. Voleva che sapessi perché sei stata tanto male.»

Guardai Julianne. Con addosso una maglia bianca sembrava proprio un angelo. «Ti ho svegliata?»

«Ero già sveglia. Non ti avevo mai sentito piangere in quel modo. Credo di non aver mai sentito qualcuno piangere così. Dovevo sapere. Non volevo ficcare il naso, Erin, ma mi è sembrato troppo importante per far finta di niente.»

In quel momento udimmo bussare tre volte alla porta e poco dopo la voce attutita di Weston. «Erin?» chiamò, palesemente agitato.

Guardai Sam.

Annuì. «Ci penso io.»

I suoi passi echeggiarono sul pavimento di marmo del corridoio e qualche istante dopo si udì un mormorio.

«Mi permetta solo di parlarle», disse Weston alzando la voce. «Posso spiegare.»

Sam mantenne la voce bassa.

«Cosa intende dicendo che non vuole vedermi? Erin?» chiamò di nuovo Weston. «Erin!»

«Weston», disse Sam, teso ma fermo.

Quando ci giunse il rumore di un alterco, Julianne sgranò gli occhi e si precipitò alla porta d'ingresso. Mi presi la testa fra le mani.

«Smettetela!» intimò Julianne.

I toni si placarono, ma nella voce di Weston si percepiva ancora la disperazione.

La porta si chiuse, dopodiché Sam e Julianne tornarono in cucina con l'espressione sbigottita.

«Cos'è successo?» chiesi.

Sam sospirò. «Voleva entrare.»

«Ti ha messo le mani addosso?» A quanto pareva non conoscevo affatto Weston.

Lui scosse la testa, turbato. «No, no... cercava solo di aprire la porta, e io gliel'ho impedito. È sconvolto. Gli ho detto che potrete parlarne più tardi ma che deve lasciarti in pace a scuola. Vuoi che chiami il signor Bringham?»

«No, ti prego. Desidero solo che tutto questo finisca.»

«Perché non passiamo la giornata insieme? Potremmo andare a fare spese. Oppure restare a casa e guardare qualche commedia alla tivù.» Il sorriso forzato di Julianne mi parve stranamente confortante. Soffriva per me, come anche Sam. Non ero abituata all'empatia, ma mi resi conto che si trattava di un sentimento straordinario. In quell'istante compresi che la nostra era una vera famiglia: per la prima volta, lì, in cucina, sentii di farne davvero parte. Avevo davanti due persone che mi amavano al punto di restare in piedi tutta la notte a preoccuparsi, chiudere con forza la porta in faccia al mio ragazzo e chiamare il preside della mia scuola. Appartenevo a loro perché ero loro.

Spiccai un balzo e li abbracciai tutti e due. «Manca poco al diploma. Posso reggere.»

Sam mi posò la sua manona sulla nuca e mi tirò verso di sé.

Julianne si scostò per guardarmi con gli occhi pieni di lacrime. «Ci eravamo augurati che gli ultimi giorni di scuola sarebbero stati diversi. Avremmo tanto voluto che lo fossero.»

«Lo so», dissi prendendo lo zaino dal pavimento e mettendomelo in spalla. «Ci vediamo dopo la scuola.»

«Ti voglio bene», disse Julianne.

Il sorriso di Sam era pieno di ammirazione e di orgoglio.

«Anch'io vi voglio bene», esclamai avviandomi verso il garage.

«Cos'altro possiamo fare?» sentii dire da Julianne. «Ci sarà pur qualcosa che la faccia sentire meglio.»

«È la persona più tosta che conosca, tesoro. Non c'è bisogno che c'immischiamo. Basta che la sosteniamo con il nostro amore.»

Sorrisi. Quelle parole mi avrebbero aiutato ad arrivare a sera.

A biologia correva già voce che fra me e Weston ci fosse qualche problema. Sara non fece domande, il che mi sembrò strano. Forse ce l'avevo scritto in faccia, malgrado stessi dando di nuovo prova di stoicismo. Il tessuto cicatriziale che si era formato negli anni riaffiorò, più resistente che mai, perché stavolta a casa avevo chi mi appoggiava. Sapevo che, a prescindere da come fosse andata con Weston, avrei sempre avuto Sam e Julianne. Loro erano miei, per sempre.

Durante la seconda ora, a metà della lezione della signora Vowel, la signora Pyles comparve sulla soglia con il suo tipico sorriso.

«Ho bisogno di Erin, signora Vowel.»

L'insegnante abbassò la mano con cui stava scrivendo sulla lavagna interattiva. «Deve prendere la sua roba o tornerà?»

La signora Pyles mi guardò. «Prendi la tua roba.»

Obbedii e la seguii nel corridoio dalle pareti di plexiglas, sotto lo sguardo degli studenti e degli insegnanti delle altre classi.

«Sono convinti che abbia vinto alla lotteria», mormorai. «E mi giudicano perché pensano che abbia approfittato della morte di Alder. Tutte le cose belle che mi capitano vengono rovinate.»

«Sono preoccupata per te», disse la professoressa. «E a quanto sembra lo sono anche il signor Bringham e la signora Rogers. Vogliono parlarti per capire come va.»

«Sam ha telefonato?»

«Il signor Bringham non l'ha detto. Perché? Ci sono problemi a casa?»

«Sam e Julianne sono meravigliosi.»

La signora Pyles sembrò sollevata. «Bene. Non ti meriti niente di meno.»

«Stiamo andando in presidenza?»

La mia insegnante annuì.

«Perché hanno mandato lei a prendermi?»

«Stavo lavorando in sala professori quando ho sentito la signora Rogers chiedere a una studentessa di farti chiamare. Ho detto che ci avrei pensato io, così avremmo avuto il tempo di fare due chiacchiere. Ho visto che hai un'auto nuova. È davvero fantastica.»

«È incredibile quanto Sam e Julianne abbiano già fatto per me!»

«Sono brave persone. E chiaramente sono anche fortunati.»

«Fortunati?»

«Ad averti riavuto con loro. Ritrovarti subito dopo avere perso Alder deve averli aiutati, non credi?»

«Non lo so. Non parlano molto di Alder. Penso che

si facciano scrupoli a dirmi che sentono la sua mancanza.»

«Capisco, è logico. Ma nonostante sentano la sua mancanza sono senz'altro contenti di avere te.»

«È vero. Sono contenti. Nessuno avrebbe reagito come loro. A volte mi è capitato di sentire Julianne piangere nella stanza di Alder, ma non tanto a lungo. Per loro dev'essere molto dura non poter vivere il lutto in maniera normale.»

«È una situazione singolare, triste e lieta al tempo stesso. Ma chiunque può vedere quanto tu li abbia resi felici.»

«Lei crede?» chiesi fermandomi davanti alla segreteria.

«Certo», rispose la signora Pyles ammiccando mentre apriva la porta.

La segretaria, la signora Bookout, scattò subito in piedi. Era poco più alta del divisorio che separava la sua postazione dal resto dell'ufficio. «Li avverto che siete qui», disse. Quando ricomparve, mi fece cenno di entrare.

«Lei viene?» domandai alla signora Pyles.

«Devo fare delle fotocopie e finire di preparare la lezione.» Detto ciò, superò il divisorio e si diresse negli uffici sul retro. Io entrai in presidenza.

Il signor Bringham era seduto alla scrivania, con un sorriso cordiale e le dita intrecciate davanti a sé. La signora Rogers, che occupava una delle due sedie di fronte a lui, aveva un'aria altrettanto serena. Stavolta alla riunione era presente anche il vicepreside, il signor Mann. Indossava una maglia color ruggine che s'intonava alla perfezione con i suoi radi capelli rossicci e gli occhiali squadrati.

«Non c'è ragione di agitarsi, Erin. Volevamo solo accertarci che stessi bene. Come vanno le cose nella nuova casa? Vai d'accordo con Sam e Julianne?»

«Sono straordinari. L'altro giorno mi hanno detto che penseranno loro alle spese del college.»

La signora Rogers s'illuminò. «È una notizia meravigliosa, Erin, davvero. Siamo felici per te. A quanto sembra, hai finalmente trovato la sistemazione giusta.»

«Anch'io sono felice.»

Il signor Mann incrociò le braccia al petto e si appoggiò al muro. «I tuoi voti sono sempre buoni. Siamo molto colpiti dal modo in cui gestisci la situazione.»

«Grazie.»

«Come va con Gina?» domandò la signora Rogers in tono pacato.

«Non siamo più in contatto.»

Lei fece un cenno di assenso, non sapendo chiaramente cosa dire. «Ognuno reagisce a modo suo. Dev'essere dura anche per lei.»

«A dire il vero, penso che sia sollevata.»

«Oh», esclamò il signor Mann scuotendo la testa. «Io non salterei alle conclusioni. Sei una ragazza molto in gamba, Erin. Vogliamo che tu sappia che noi siamo qui e facciamo il tifo per te. A volte la realtà ti travolge quando non sei pronto, e se per caso ti capitasse di sentirti persa, ci piacerebbe poterti dare una mano. Perché quello che è successo non è poco.»

Mi fissarono tutti, come se si aspettassero che crollassi.

«Non è andato sempre tutto liscio. È una cosa difficile da digerire, ma la stiamo affrontando giorno per giorno.»

«È così bello sentirti parlare al plurale», osservò la signora Rogers. «È importante avere un sostegno a casa.»

«Sono d'accordo. Stavo proprio pensando a quanto mi sia servito oggi.»

Si guardarono, sollevati e soddisfatti della chiacchierata. Discutemmo dei miei voti e del progetto di andare al college, poi mi elogiarono per il mio comportamento e mi lasciarono andare. Il signor Bringham mi ricordò che era sempre disponibile se avessi avuto bisogno di parlare. Lo ringraziai e raggiunsi il mio armadietto.

La loro positività e i loro sorrisi mi avevano trasportato in un altro mondo, perciò quando svoltai l'angolo e vidi Weston a pezzi fui colta alla sprovvista. Mi bloccai per un attimo, poi proseguii, decisa a riporre in fretta il testo di inglese e a prendere quello di algebra.

Lui non disse nulla, fermo a pochi centimetri da me mentre inserivo la combinazione del lucchetto. Lasciai il libro sullo scaffale superiore ed estrassi l'eserciziario. Quando chiusi l'anta metallica e mi girai, Weston mi prese con un dito per la maglietta.

«Hai letto il suo diario dell'ultimo anno, vero?»

Non risposi.

«So cosa stai pensando. Capisco che in questo momento mi odi, e se fossi al tuo posto farei lo stesso, ma ti prego, lascia che ti spieghi. Se vuoi, puoi prendermi a pugni o metterti a urlare, però ascoltami fino in fondo.»

Non mi girai. Non volevo che vedesse la mia faccia paonazza dal mento all'attaccatura dei capelli. «Sam ti ha detto di starmi alla larga.»

«Anche se non avessimo due lezioni insieme, non potrei comunque farlo.»

«Provaci», ribattei e mi allontanai senza voltarmi indietro.

Algebra non mi tenne impegnata la mente come speravo. All'idea che Weston mi fissasse da dietro o tentasse di parlarmi durante le ore di igiene e di arte mi venne la nausea, al punto che a pranzo feci fatica ad assaggiare le patatine al formaggio che avevo ordinato da Sonic.

I camerieri andavano e venivano in continuazione attraverso le porte di vetro come formiche in un formicaio. Le auto erano allineate nel parcheggio del ristorante drive-in: furgoni e berline avevano i finestrini abbassati, e i guidatori aspettavano di essere serviti o premevano il pulsante sotto il cartello del menu per fare le ordinazioni.

La mia BMW rossa era l'unica con il finestrino chiuso. Il fumo che mi usciva dal cervello a forza di pensare avrebbe finito per appannare i vetri. Avrei dovuto urlare e prenderlo a pugni? Mi sembrava di aver gridato in silenzio per tutta la vita; l'abitudine di reprimere i sentimenti mi rassicurava. Gran parte delle persone non lo capiva, ma manifestare le proprie emozioni era pericoloso, come cedere alle tentazioni o alle dipendenze. Permettere a qualcuno di toccarmi nel profondo significava abbassare le difese; nonostante si trattasse di Weston, se avessi fatto un'eccezione, anche solo per una volta, rinunciando alla forza d'animo che mi aveva sostenuto per tanto tempo, sarebbe stato un primo passo su una china scivolosa che mi spaventava.

Deviare ora dal cammino non sarebbe servito a niente. L'esigenza di Weston di spiegarsi e di sistemare le cose non mi riguardava. Ero io che avevo bisogno di giustizia, non lui. Ero io che avevo dovuto lottare per sopravvivere fin dalla quinta elementare.

L'ora di spagnolo con la signora Alcorn passò tranquilla, ma mi tormentai per tutto il tempo in attesa di quella seguente. A igiene Weston mi sedeva dietro e temevo le osservazioni maligne di Brady. Dalla morte delle Erin non parlava più molto, però ogni tanto lo faceva.

Non appena mi avviai verso l'aula, Weston mi comparve al fianco. Camminammo insieme in silenzio e quando mi sedetti mi sforzai di ignorarlo. I timori dell'ora precedente si rivelarono infondati fino a cinque minuti dal termine della lezione: fu allora che sentii le sue dita familiari sfiorarmi la maglietta.

«Erin», mormorò. «Ti prego.»

«Smettila di supplicare, Gates», disse Brady dal fondo della classe. «Non hai più le palle. Lo ha scoperto. Falla finita.»

Continuai a guardare davanti a me. Il professor Morris alzò gli occhi dai test e fissò prima Brady, poi Weston. «C'è qualche problema?»

Dopo un breve istante di silenzio, Brady parlò. «Nessuno. È solo che Weston non lascia in pace Erin, anche se lei lo vorrebbe.»

Il professore spostò subito lo sguardo su di me. «È vero?»

Deglutii e scossi la testa. «Non so di cosa parli.»

Weston mi sfiorò di nuovo con le dita e io mi protesi in avanti.

Morris se ne accorse. «Weston», lo ammonì.

«Non è niente, sul serio», dissi supplicandolo con gli occhi di non attirare l'attenzione su di me.

Il professore valutò la mia tacita richiesta e capì, tornando ai test.

«Il fatto che Weston ti abbia mentito fingendo di interessarsi a te, di aver perso la testa per te, in modo che andassi con lui al ballo e Alder potesse ricoprirti di merda davanti a tutti a me non sembra niente», affermò Brady.

Gli altri studenti trattennero il fiato e subito dopo iniziarono a mormorare. Chiusi gli occhi e mi girai. Dovevo vedere di persona l'espressione di Weston. Dovevo sentirlo negare con le mie orecchie.

Aveva i denti stretti e respirava dal naso, dilatando visibilmente le narici. Si teneva aggrappato al banco come se ne andasse della sua vita, con tanta forza da avere le nocche sbiancate.

Sentii le lacrime bruciarmi gli occhi. «Di' che non è vero», bisbigliai.

«Non è vero», ripeté lui tra i denti.

«Sei un maledetto bugiardo», esclamò Brady dal fondo dell'aula. «Ero presente quando hanno progettato tutto.»

Prevedendo quanto stava per succedere, il professor Morris saltò oltre la cattedra nel momento stesso in cui Weston scattò in piedi.

Weston tentò di scagliarsi contro Brady, trattenuto appena in tempo da Morris. «Sei solo un disgustoso, miserabile e viziato pezzo di merda!» gridò.

Brady si risedette guardandolo con gli occhi sbarrati.

Il professore faticò a condurre Weston fuori dall'aula e pochi istanti dopo suonò la campanella. Gli altri studenti raccolsero le loro cose e si precipitarono fuori per vedere che cosa stesse accadendo in corridoio.

Io rimasi seduta immobile, umiliata ed esausta. Brady

stava preparando lentamente il suo zaino. I poster di anatomia sarebbero stati gli unici testimoni del sale che di lì a poco avrebbe sparso sulle mie ferite.

«Erin», disse con voce bassa e sommessa. «Sono un coglione. E mi do molto da fare per mantenere il titolo. Ma sono anche abbastanza spregevole da sapere che il miglior modo per vendicarti di Gates è venire al ballo con me.»

Restai di sasso. Non mi sarei mai sognata che dicesse una cosa del genere. Invitarmi al ballo non era decisamente da Brady Beck. Lo fissai, e per la prima volta lui non mi ricambiò con uno sguardo d'odio o di disprezzo.

«Tu... non hai una ragazza con cui andare al ballo?» chiesi.

Tentò di abbozzare un vago sorriso ma riuscì solo a scrollare leggermente le spalle. «Non ancora.»

Dopo un lungo silenzio mi alzai, sempre guardandolo negli occhi, malgrado fosse di una testa più alto di me. «Forse questo perché tutti pensano che tu sia un disgustoso, miserabile e viziato pezzo di merda.»

Uscii dall'aula senza voltarmi indietro.

9.

Era tutto estremamente strano, ancor più del solito. Sam aveva modificato il suo orario in ospedale per stare di più a casa e, dato che lavoravo al Dairy Queen solo un paio di sere la settimana, passavo le ore dopo la scuola a guardare film con i miei genitori, a giocare a Monopoli in cucina o ad accompagnare Julianne a Ponca City a comprare mensole e arredi per la mia futura stanza allo studentato.

Una sera, mentre ero seduta tra Sam e Julianne sul divano a guardare *La storia fantastica*, Sam allungò un braccio dietro di me per giocherellare con i capelli della moglie e lei si protese verso di lui.

«Come vi siete conosciuti?» chiesi.

Si guardarono e poco dopo Sam mise in pausa il film. Julianne sorrise, ma fu lui a parlare per primo. «Alle superiori.»

«Vi siete innamorati a scuola?»

«Sì», confermò Julianne con lo stesso sguardo che le avevo visto nelle foto del matrimonio.

«E siete rimasti insieme per tutti gli anni del college?»

«Esatto», rispose Sam. «Siamo andati entrambi alla Oklahoma University.»

«Oh», esclamai. Lo sapevo già. Avevo visto il diploma di Julianne incorniciato nello studio.

«Ma non ci vedevamo quasi mai», precisò lei. «Io ero alla Kappa Kappa Gamma, il tuo Sam alla Sig Ep, e avevamo tutti e due un bel po' da studiare. Avevamo concordato che l'esperienza al college era la cosa più importante e che, se fosse stato destino, saremmo rimasti insieme. Ciascuno ha fatto la sua vita, ma i miei ricordi più belli sono comunque legati a Sam.»

Lui si sistemò gli occhiali e sorrise. «Davvero?»

«Davvero.» Julianne si allungò e gli diede una pacca affettuosa sul ginocchio, poi mi guardò. «Starai molto bene alla OSU. È un campus bellissimo.»

«Non vedo l'ora di andarci, adesso più che mai», replicai osservandomi le mani.

Julianne si girò verso di me appoggiandosi al cuscino del divano. «Gli hai parlato?»

Scossi la testa. «Non mi viene in mente niente di gentile da dirgli.»

«Ancora arrabbiata?» domandò Sam.

Julianne arricciò il naso. «È ovvio. Sei sempre contraria all'idea di andare al ballo?»

«Io non... prima non ci avevo mai pensato.»

«Forse potresti chiedere a qualcuno di accompagnarti», suggerì Sam.

Scrollai le spalle. «In verità non c'è nessuno con cui voglia andarci.»

«E se...» iniziò a dire Julianne, ma ci ripensò.

«Cosa?»

«E se andassimo comunque a cercare un vestito, nell'eventualità che decidessi di partecipare? In caso contrario lo venderemo o lo terrai da parte per qualche occasione formale, se entrerai in una confraternita.»

«Non entrerò in una confraternita», replicai, decisa.
Lei fece spallucce. «Allora lo venderemo.»
«Forse.»
Il mio telefono s'illuminò. Era Weston, di nuovo. Sempre lui. Lo posai sul tavolino.
Sam e Julianne si scambiarono un'occhiata, poi lui alzò il braccio, puntò il telecomando verso il televisore e premette PLAY.

Il lunedì della settimana seguente mi sentivo stranamente di buon umore e decisi che era dovuto al fatto che quella sera avrei lavorato. Da qualche giorno Weston aveva rinunciato a parlarmi però aveva un'aria infelice. Proprio mentre stavo raccogliendo le mie cose davanti al murale per dirigermi alla macchina, parcheggiata dalla parte opposta rispetto al suo furgone, si affrettò a raggiungermi.
Cercai di ignorarlo ma, nel momento in cui appoggiai una mano sulla maniglia, lui me la prese e fece scivolare un biglietto piegato sul mio palmo.
Lo strinsi nel pugno.
«Leggilo, ti prego. Se lo farai, ti lascerò in pace.»
Assentii con un cenno quasi impercettibile e aprii la portiera. Per andare dal murale al Dairy Queen impiegai solo un paio di minuti. Parcheggiai ed entrai nel piccolo edificio con il biglietto in mano.
«Ehi, sconosciuta», esclamò sorridendo Frankie. Era al telefono e capii subito che stava parlando dei bambini con sua madre.
Ricambiai il sorriso, mi appoggiai al banco e tastai il biglietto. Dopo qualche minuto lo aprii e restai sgomenta di fronte a quelle due semplici frasi.

HO DETTO A MIO PADRE DI DALLAS. CI VEDIAMO ALLE SEI LA SERA DEL BALLO.

TI AMO,

WESTON

Appallottolai il foglio e avvicinai il pugno al mento, appoggiando il gomito sull'altro braccio.

Frankie mi studiò, circospetta. «Devo andare, mamma. Da' un bacio ai bambini per me.» Riagganciò e si avvicinò. «Che cos'è?»

«Un biglietto di Weston.»

«Cattive notizie?»

«Non stiamo più insieme.»

«No?»

«No. Lui... ho scoperto che era in combutta con Alder per trascinarmi al ballo e mettermi in imbarazzo.»

«Cosa? No, Weston non lo avrebbe mai fatto.»

«È scritto sul diario di Alder. Lui non lo ha negato. Brady lo sapeva.»

Frankie sbiancò. «Ci dev'essere una spiegazione, qualcos'altro di cui non sei al corrente.»

«In effetti c'è: sono stata una stupida», dissi asciugandomi le lacrime che mi bagnavano ridicolmente le guance.

«Ma... lei è morta. Perché Weston avrebbe portato avanti il piano?»

«Forse perché glielo aveva promesso? Non ne ho idea. Sapevo che c'era sotto qualcosa, che non poteva interessarsi a me così, all'improvviso. Io... io ho voluto crederci», ammisi con voce rotta.

«Cosa dice il biglietto?» domandò Frankie, sconvolta.

Glielo porsi e lei si affrettò a leggerlo. «Che significa?» chiese guardandomi.

«Gli avevo promesso che, se avesse detto a suo padre che voleva iscriversi all'Art Institute di Dallas e non alla Duke, sarei andata al ballo con lui.»

«Non penserai che lo faccia per il piano! Lui... a un certo punto è cambiato, Erin. Si è innamorato di te e adesso che conosci la cruda verità vuole rimediare. Non sarebbe capace di una simile cattiveria.»

Scrollai le spalle.

«Comunque non devi accettare il suo invito per forza. Se sei preoccupata per quello che potrebbe succedere, non andarci.»

Sollevai il mento e mi asciugai di nuovo le guance. «Non ho paura di loro. Mi rifiuto di lasciarmi intimorire. Qualsiasi cosa mi facciano, sono in grado di sopportarla. Non mi possono ferire se non glielo permetto.»

Frankie mi restituì il biglietto. Lo presi e lo ripiegai. Mentre lo facevo, la carta mi tagliò il dito e una gocciolina di sangue uscì dalla minuscola ferita. Cacciai il foglio nella tasca del grembiule e mi pulii con un tovagliolino.

«Possono fare tutto quello che vogliono. A perderci sono loro», dissi aprendo la finestra quando la prima auto si fermò davanti al locale.

Frankie mi guardò e scosse la testa, sbigottita. «Manca così poco al diploma, alla libertà.»

Mi girai per riempire un bicchiere di gelato banane e caramello e metterlo sotto il mixer. «Non sono più Easter. Non mi nasconderò.»

«Tu vuoi andarci con lui.»

L'impatto di quelle parole fu talmente forte che mi si piegarono le gambe e riuscii a stento a evitare di far cadere il bicchiere.

«Sta bene?» chiese la donna al di là della finestra.

Frankie accorse e si inginocchiò accanto a me.

«Sono una studentessa dell'ultimo anno che vuole andare al ballo. Ho solo una possibilità per scoprire che cosa si provi. Fanculo a tutti. Fanculo a lui. Fanculo al mondo.»

«Ma brava!» esclamò Frankie mettendomi una mano sulla schiena. «Che vadano tutti al diavolo. E se Weston farà qualcosa per metterti in imbarazzo, anche semplicemente comportandosi da stupido, che Dio lo aiuti perché io e i tuoi genitori lo sistemeremo per le feste.»

Mi rialzai reggendo il bicchiere con entrambe le mani. «Di questo non dovete preoccuparvi. Sono io a scrivere la mia storia e ho previsto un lieto fine. A prescindere da ciò che accadrà, non potranno toccarmi.»

Presi il cellulare dalla tasca del grembiule e mandai un SMS a Julianne.

Domani hai programmi?

No. Hai qualcosa in mente?

Mi hanno invitato al ballo. Più o meno.

Evviva! Chi?

Weston.

Sei sicura?

Non del tutto, ma ci andrò.

Allora okay. Ne parleremo più tardi. In ogni caso ti servirà un vestito.

Martedì dopo la scuola io e Julianne ci incontrammo da Frocks & Fashions in centro. Gironzolai un po' mentre lei guardava i vestiti. Ogni tanto me ne mostrava uno e io puntualmente scuotevo la testa.

Dopo aver ricevuto vari rifiuti si avvicinò. «Qual è il tuo colore preferito?» chiese.

«Tutti.»

«Comodo», osservò, scherzosa. «Che ne dici di questo?» disse poi mostrandomi un abito verde mare con la gonna ampia e il corpino a pieghe.

Feci nuovamente cenno di no.

«Perché non ti piace?»

«La gonna troppo ampia. Il colore. Il fatto che sia senza spalline.»

Lei annuì. «Afferrato.» Pochi minuti dopo sollevò, raggiante, un altro vestito. «Guarda questo!» Controllò meglio il cartellino. «È della tua taglia!»

Era rosa confetto con una lunga gonna morbida e fluente, la vita alta, stile impero, e il corpino trasparente che copriva le spalle. La stoffa era tempestata di una miriade di piccoli cristalli di rocca color argento che dall'altezza del seno salivano per seguire la linea dello scollo.

Julianne lo girò. Dietro era scollato e trasparente come quello di Alder, ma i cristalli erano distribuiti lungo i bordi anziché raggruppati in fondo. «Lo trovi brutto?»

Scossi la testa. «No, a dire il vero è bello.»

«Sì?» esclamò. «Perché non lo provi?»

«Non lo so. Ho la sensazione di buttar via i vostri soldi se poi non ci andrò.»

«Ma dai. Vieni», disse lei precedendomi verso un camerino.

Presi l'abito ed entrai tirando la tenda. Lo tolsi dalla custodia di plastica e lo indossai.

«Ho trovato le scarpe ideali!» mi informò nel frattempo Julianne.

Cercai di chiudere la cerniera ma non ci riuscii. «Credo di aver bisogno di aiuto.»

«Posso?» domandò lei.

Scostai la tenda e Julianne restò senza fiato. «Oh cielo», commentò pacatamente abbassando le mani che reggevano le scarpe.

Mi guardai. «È carino.»

Mi prese per mano e mi fece girare verso lo specchio. Finì di chiudermi la cerniera e mi porse le scarpe. «Non è semplicemente carino. È favoloso.»

Durante il resto della settimana sorpresi Weston a guardarmi una decina di volte. Sembrava sempre sul punto di dirmi qualcosa ma non si decideva a farlo. Quegli occhi verdi che avevo tanto sognato erano diventati motivo di tormento, perché da un lato desideravo vederli e dall'altro li temevo.

Venerdì mattina, prima dell'inizio delle lezioni, lui mi aspettò davanti all'armadietto. «Stasera ho l'ultima partita. Avevi detto che ci saresti venuta.»

«Abbiamo detto tutti e due molte cose.»

Weston sussultò e si sforzò di sorridere, nervoso. «Cosa... cosa significa? Davvero non vuoi venire al ballo con me dopo che ho detto a mio padre di Dallas? È successo un bel casino. Si è messo a urlare, poi però ha parlato per ore di quanto fossi maturato. Alla fine lo ha accettato. Nonostante fossi terrorizzato, l'ho fatto.»

Tenni lo sguardo fisso sul fondo dell'armadietto.

«Ieri mi sono iscritto online a Dallas.»

Continuai a tacere.

«Ti prego, vieni alla partita. Ti propongo un patto: lascia o raddoppia. Se stasera non vinciamo, non dovrai venire al ballo con me.»

Lo guardai. «Perché? Perché è tanto importante per te portare a termine il piano di Alder?»

Lui si incupì e scosse la testa. «Niente è più importante di te. Non so come dirti che mi dispiace. Farei di tutto per rimangiarmi l'accordo con Alder. *Volevo* portarti al ballo. *Volevo* passare del tempo con te. Il resto non aveva importanza.»

«Tu volevi», osservai guardandolo in cagnesco. «Tutto ruota sempre attorno a quello che vuoi, vero?»

«Direi di sì, per non avere rimpianti. Voglio tenere la ragazza che amo tra le mie braccia all'ultimo ballo. Voglio che assista alla mia ultima partita. Voglio questi ultimi ricordi delle superiori con te. E questo è *tutto* quello che voglio, lo giuro.»

Chiusi l'armadietto.

«Vieni alla partita. Se perdiamo, restituirò lo smoking e annullerò l'ordine del braccialetto floreale.»

«Mi hai preso un braccialetto floreale?» chiesi, dubbiosa.

«E una limousine bianca», aggiunse lui con sguardo speranzoso.

Afferrai il libro di biologia e lasciai Weston da solo accanto all'armadietto. Andando a lezione, provai un senso di nausea mentre cercavo di controllare il turbine di emozioni che mi si agitava nel petto.

10.

Il telefono ronzò una volta, poi un'altra. La mano in cui lo stringevo era tutta sudata mentre sulla BMW mi dirigevo al campo da baseball.

«Ciao, tesoro», esclamò Julianne quando risposi.

«Sto... sto andando all'ultima partita di Weston.»

«Ah», fece lei, senza esprimere alcun giudizio.

La sua reazione mi stupì. «Mi aveva chiesto di esserci. Mi ha anche ricordato che in base al nostro accordo dovevo andare al ballo con lui.»

«Adesso comincio a capire», commentò Julianne cercando di apparire positiva. «Come madre comunque non approvo molto le costrizioni.»

«Dimmi di tornare a casa.»

«Non vuoi andare alla partita?»

«No. Sì. No.»

La sentii sospirare. «Posso venire anch'io?»

«Alla partita?»

«Sì. Il tuo Sam è qui. Scommetto che anche lui ci terrebbe a vedere l'ultima partita di Weston.»

«Ehm... sì. Sì, vi prego, venite.» Almeno avrei avuto compagnia.

«Arriviamo tra dieci minuti. A presto.»

Misi il cellulare nella custodia e girai a destra per immettermi nel parcheggio del campo da baseball. Era già pieno e varie auto avevano invaso il prato a nord, destinato alle fiere. Un pullman bianco nuovo con la scritta CHISOLM LONGHORNS era posteggiato all'estremità sud. A bordo non c'era nessuno. La gente stava ancora entrando ma dal tabellone capii che la partita era già iniziata.

Quando arrivai, Weston si stava dirigendo dalla panchina alla casa base con la mazza in mano e un casco bordeaux in testa. Sollevò per un istante lo sguardo verso le tribune per abbassarlo poi sulle sue scarpette e picchiettare la mazza sul piede sinistro.

Fece un passo e diede ancora un'occhiata dietro di sé, vedendomi mentre entravo. Corse subito al recinto e si aggrappò alla rete con un ampio sorriso e uno sguardo di sollievo negli occhi.

«Erin!»

Feci una smorfia, in parte imbarazzata, in parte lusingata dalla sua reazione.

«Muoviti, Gates!» abbaiò il coach Langdon.

Lui spostò gli occhi dall'allenatore a me, dopodiché si affrettò a raggiungere la sua posizione. Lo guardai mentre salivo i gradini. Lasciò andare la prima palla.

«Strike!» esclamò l'arbitro sollevando il pugno in aria. La folla fischiò.

Weston s'inclinò in avanti e strinse meglio la mazza. Il lanciatore tirò e lui si mosse. La mazza colpì la palla con un *crac* e la scagliò, bassa e dritta, oltre l'interbase. Rimbalzò nella parte sinistra del campo mettendo in fuga i difensori esterni.

Il pubblico esultò mentre Weston raggiungeva la prima base. Si baciò indice e medio e li sollevò nella mia direzione.

«Erin!» chiamò in quell'istante Veronica; con un sorriso mi invitò a raggiungerla. Andai a sedermi in quarta fila con lei, a sinistra della casa base.

Sam e Julianne arrivarono meno di un inning dopo e presero posto ai miei fianchi. Nessuno di loro conosceva la vera posta in gioco di quella partita e iniziai a sentirmi in colpa per aver messo ulteriormente sotto pressione Weston.

Nei primi due inning i Blackwell Maroons erano in vantaggio, ma negli altri due commisero un sacco di errori e finimmo sotto di quattro run. Vedevo la frustrazione sulla faccia di Weston, che cominciò a incitare ma anche a schernire i compagni dalla panchina e dal monte di lancio.

Una volta lanciò la palla, che gli tornò dritta indietro. La schivò e finì nel guanto della seconda base. La folla emise un «ooh» corale.

«Dio, quant'era vicina!» osservò Veronica portandosi una mano al petto.

«I lanciatori devono proprio portare il casco», commentò Sam.

Weston tossì e attese il ricevitore. Scosse due volte la testa e poi annuì. Si piegò all'indietro, sollevò la gamba e lanciò la palla al battitore.

«Oggi qualcuno gli ha messo un po' di pepe al culo», osservò Peter quando Weston realizzò tre strike consecutivi.

L'arbitro chiamò l'out e i giocatori corsero alle panchine. Quelli del Chisolm si misero i guanti e tornarono in fretta alle loro posizioni.

Al sesto inning battevamo e avevamo un solo punto di svantaggio. Dalla panchina sentivo tossire.

«È Weston?» domandò Veronica. «Ha con sé l'inalatore, vero?»

«Ce l'ha sempre», rispose Peter, cercando di ostentare noncuranza, ma nella sua voce colsi una nota di preoccupazione.

«Di recente ha avuto parecchi attacchi d'asma», disse Veronica a Julianne.

Un assembramento vicino alla panchina dei Blackwell attirò la nostra attenzione. Il coach Langdon uscì dalla calca e urlò qualcosa. I paramedici lo raggiunsero di corsa. I giocatori indietreggiavano osservando sbigottiti quello che noi non riuscivamo a vedere. Peter balzò in piedi e si precipitò giù dalle gradinate. Veronica scese invece gli scalini di cemento.

«Oddio!» esclamai.

Si alzarono anche i miei. Li seguii giù per le scale e oltre il cancello.

«Andiamo!» ordinò Julianne.

«Weston?» strillò Veronica.

Peter la stava tenendo per le spalle mentre lei si premeva le mani sulla bocca.

Un paramedico corse verso l'ambulanza e tornò con una barella e alcuni strumenti. Subito dopo caricò Weston sulla barella e per la prima volta io riuscii a vederlo bene. Era pallido, con i capelli madidi di sudore appiccicati alla fronte e gli occhi rovesciati all'indietro mentre si sforzava di respirare. L'inalatore gli cadde di mano finendo per terra.

«Andiamo! Andiamo!» abbaiò Sam aiutando Julianne e i paramedici a spingere la barella sul terreno e poi sul marciapiede, fino all'ambulanza.

Erano tutti ammutoliti. I giocatori piegarono un ginocchio a terra e si portarono i berretti al petto.

«No, no, no», mormorai guardando la scena, impotente.

L'ambulanza partì con i lampeggianti accesi e le sirene spiegate per Coolidge Street, diretta all'ospedale. Peter e Veronica corsero alla loro auto.

«Erin! Erin! Vieni!» mi gridò Julianne dal parcheggio.

Raggiunsi la sua auto. Sentii sbattere la portiera e la guardai girare la chiave, fare retromarcia e partire.

«Dov'è Sam?» domandai.

«Sull'ambulanza. Weston ha già avuto attacchi d'asma in passato. Non succedeva da parecchio, ma se la caverà, sta' tranquilla.»

«Me lo prometti?» chiesi tremando da capo a piedi.

Lei strinse le labbra e la sua bocca si trasformò in una linea dura. «Non può farlo di nuovo. Non ne sarebbe capace.»

«Chi?»

«Dio.»

Battei le palpebre e guardai dal finestrino le case che sfrecciavano via.

Julianne s'immise nel parcheggio posteriore dell'ospedale dall'ingresso del pronto soccorso. L'ambulanza era già ferma con il portellone posteriore spalancato.

Lei mi prese per mano e la seguii svelta nella sala d'attesa.

Le poche sedie disponibili erano occupate da alcune mamme con i loro bambini febbricitanti e da una coppia di anziani, uno dei quali con una brutta tosse. Ma per noi non aveva importanza.

Mi cinsi con le braccia e dopo venti atroci minuti Sam ricomparve. Aveva l'aria preoccupata.

«Lo stanno stabilizzando», annunciò. Posò una mano sulla schiena di Julianne e la condusse in corridoio.

Parlarono sommessamente ma in modo concitato. Lei si voltò una volta a guardarmi e si coprì la bocca con la mano.

Incrociai di nuovo le braccia al petto, irrequieta.

Sam e Julianne tornarono e mi abbracciarono.

«Si rimetterà», disse Sam.

«Ne sei sicuro?» chiesi.

«È in terapia», rispose porgendomi una banconota da cinque dollari. «Perché non vai a prendere un po' d'acqua al distributore in fondo al corridoio?»

Annuii. Presi i soldi, uscii dalla sala e girai a destra. Vidi il distributore: era praticamente davanti all'ingresso principale. Mentre camminavo, una donna in camice mi superò spingendo un apparecchio quadrato fornito di un braccio alla cui estremità era installata una specie di macchina fotografica. Sembrava un sistema portatile a raggi X, e supposi che lo stesse portando nella stanza di Weston.

Infilai i cinque dollari di Sam nel distributore, premetti il tasto per selezionare la bottiglia d'acqua, recuperai il resto dallo sportellino in fondo e ripetei l'operazione altre due volte. Mi diede sollievo sentire le bottiglie fresche a contatto con la pelle mentre tornavo alla sala d'aspetto.

Trovai Sam e Julianne in piedi accanto al coach Langdon. Smisero di parlare non appena mi avvicinai. Presero le bottiglie ma non le aprirono.

Sam mi abbracciò e restammo in attesa. Quando non ne potei più, mi avvicinai alla porta per guardare le nubi in movimento nel cielo che imbruniva. I giocatori e gli allenatori arrivarono alla spicciolata e cominciarono ad andare su e giù nella sala d'attesa, come noi.

Dopo quella che mi parve un'eternità, Peter svoltò l'angolo e tutti gli si buttarono addosso.

«Hanno normalizzato i livelli di ossigeno. Adesso lo stanno aiutando a respirare e lo terranno sotto osservazione per la notte. Ben presto lo trasferiranno in una stanza di sopra.»

I compagni di squadra di Weston se ne andarono un po' alla volta e alla fine restammo solo io, Sam, Julianne e il coach Langdon. Più tardi Peter tornò, seguito da Veronica e da un paio di infermiere che spingevano un letto in corridoio.

Mi sporsi per guardare ma non riuscii a vedere bene.

«Grazie a Dio!» esclamò Julianne.

«Non so come ringraziarvi per il vostro aiuto», disse Peter ai miei genitori. «Se non ci aveste dato una mano, non so se sarebbe arrivato in ospedale.»

Mi sfuggì un gemito e Julianne si voltò a guardarmi.

«Ma adesso sta bene, vero?» chiesi.

Peter annuì toccandomi una spalla. «Ha bisogno di riposare. Ti chiamiamo domani.»

Annuii e Peter uscì in corridoio.

Sam e Julianne fecero simultaneamente un sospiro di sollievo.

«Avrei dovuto accorgermene prima», si rammaricò il coach Langdon.

«Non è colpa sua», osservò Julianne.

L'allenatore si fregò la nuca. «Dica a Peter di tenermi informato.»

Sam annuì. Langdon estrasse le chiavi dalla tasca, oltrepassò la porta a vetri e raggiunse a passo veloce la sua auto.

«Sei pronta, tesoro?» mi domandò Sam tendendomi la mano.

«È rimasto in campo perché voleva vincere», dissi. «Probabilmente sapeva cosa gli stava capitando ma non ne ha parlato perché voleva finire la partita.»

Sam mi rivolse un sorriso comprensivo. «Era l'ultima partita, Erin.»

«No, è perché avevo accettato di stare ai patti. Se avesse perso la partita, sarei stata libera di non andare al ballo con lui.»

Julianne si accigliò.

Gli occhi mi si riempirono di lacrime. «Non voleva iscriversi alla Duke. Voleva frequentare l'Art Institute di Dallas. Gli avevo dato la mia parola che, se lo avesse detto a Peter, sarei andata al ballo con lui. Weston l'ha fatto, ma dopo quello che è successo io mi sono tirata indietro... Allora mi ha proposto una specie di patto. Mi ha chiesto di venire alla partita e ha aggiunto che, se non avesse vinto, non avrebbe più insistito per il ballo.»

Il labbro di Julianne prese a tremare. «Non è colpa tua, cara.»

«Alla fine avevo intenzione di andarci comunque, non m'interessava cosa avrebbero architettato. Nelle ultime due settimane l'ho torturato, gli ho fatto credere di odiarlo. So esattamente cosa significhi sentirsi odiati, eppure gli ho fatto questo. È molto peggio di quello che abbiano mai fatto a me.»

«Erin, tesoro», intervenne Sam, ma io scossi la testa indietreggiando.

«Tutti hanno detto che lui è stato meschino e mi considerano una vittima, persino lo stesso Weston. Ma si sbagliano di grosso. Sono io il mostro. So quanto male faccia e io... io lo amo. So cosa significhi essere respinti da qualcuno che ti dovrebbe amare. Non avevo scuse per trattarlo in quel modo e oggi è quasi morto per quello stupido ballo. Solo perché ci andassi con lui.»

Le persone sedute nella sala d'attesa assistettero alla scena, in parte curiose, in parte critiche.

«Sei esausta», disse Sam. «Adesso andiamo a casa e domani mattina, non appena ti sveglierai, torneremo in ospedale.»

«Non posso lasciarlo. Devo restare qui.»

«So che vuoi...» iniziò a dire Sam.

«No, devo», lo interruppi.

«Okay», intervenne Julianne prendendomi per mano. «Sam, domani mattina presto hai un intervento, perciò va' a riposare. Io resto qui con nostra figlia.»

Lui annuì. «Certo.» Prese le chiavi dell'auto della moglie, ci abbracciò, aprì la porta e scomparve nel parcheggio buio.

Julianne parlò con un'addetta dell'accettazione e mi fece cenno di seguirla. Raggiungemmo l'ascensore e salimmo al primo piano.

La sala d'attesa era buia e deserta. Lei accese la luce e ci sedemmo su una panca. Mi fece appoggiare la testa sulle sue ginocchia e io lasciai sgorgare le lacrime, che le bagnarono i jeans. Julianne mi accarezzò i capelli senza dire una parola.

«Avevo paura», mormorai. «Non sapevo come fare a perdonarlo, ad amarlo, a tenere in piedi la nostra storia. Mi sembrava di aver aspettato un'eternità che la mia vita iniziasse davvero e che Blackwell mi tenesse in standby. E anche Weston. Ero convinta che nessuno qui potesse entrare a far parte della mia nuova vita.»

«Quello che hai letto nei diari ti ha inferto l'ennesima ferita, dopo tutte quelle che avevi già subito. Nessuno ti incolpa, neanche Weston. È chiaro dal suo comportamento. Ti ha spiegato perché aveva accettato di aiutare Alder?»

«Ha detto solo che gli aveva offerto un modo per fare qualcosa che già voleva.»

«Oh!» esclamò Julianne, meravigliata. Mi posò delicatamente la mano sulla fronte.

«Lui mi scombussola. Ho sempre fatto di tutto per non lasciarmi coinvolgere troppo. Quello che provo per Weston mi terrorizza.»

«Riposati, tesoro mio. Domani ti sembrerà tutto diverso.»

Rimasi con la testa sulle sue ginocchia, cercando di rilassarmi, ma nonostante fossi sfinita non riuscii a chiudere gli occhi, per paura di ricevere una brutta notizia al mio risveglio. Le ore passarono e percepii la mano e il respiro di Julianne farsi più pesanti.

Sentii dei passi sul pavimento del corridoio che venivano verso la sala d'attesa. Alzai lo sguardo e vidi Veronica sulla soglia.

«Guarda un po' chi è sveglia», bisbigliò con un sorriso.

Scattai a sedere, e Julianne si riscosse.

«Sta meglio?» m'informai.

«Ha chiesto di te. Non vuole rimettersi a dormire. Speravo che fossi ancora qui.»

«Posso vederlo?» chiesi chinandomi in avanti.

Veronica si scostò dall'ingresso. «È nella duecentodieci.»

Balzai in piedi e mi sforzai di non correre. Controllai tutte le targhe con i numeri finché raggiunsi la stanza di Weston. Era buia ed entrai con circospezione.

Lui era seduto sul letto. La sua sagoma scura si irrigidì quando mi riconobbe.

«Erin», disse con voce flebile e diede qualche colpetto sulla sottile coperta azzurra invitandomi a sedermi accanto a sé.

Incerottato alla mano aveva un catetere endovenoso collegato a una flebo di soluzione salina. Grazie a una cannula nasale, fissata dietro le orecchie, riceveva ossigeno da un apparecchio a muro.

Era pallido e sembrava fragile nel camice azzurro chiaro. I suoi piedi toccavano il fondo del letto.

Mi sedetti vicino a lui, come avevo desiderato di fare fin da quando ero arrivata in ospedale, ma ora che ero lì non mi venivano le parole.

Weston tenne la testa reclinata, appoggiata alla pila di cuscini che lo sostenevano. «Abbiamo vinto?» domandò.

Scoppiai a ridere. «A chi importa?»

«A me. Non voglio perdermi l'occasione di portarti al ballo.»

Scossi la testa. «Non fa niente. Ci verrò comunque, se ancora lo vuoi.»

«Accidenti, se avessi saputo che per convincerti bastava un attacco d'asma, me ne sarei fatto venire uno due settimane fa», replicò ammiccando.

«Non è divertente.»

Fece una smorfia. «Non avrei mai lasciato che ti mettessero in imbarazzo, Erin. Avevo accettato di starti dietro e di invitarti al ballo, non di partecipare al piano per umiliarti.»

«Non ora», dissi. «Ne parleremo quando starai meglio.»

«Ho bisogno che tu capisca. No, non solo. Ho bisogno che tu mi creda. Avevo acconsentito ad avvicinarti, ma era solo una scusa, Erin. Alder era disposta a darmi una cosa che desideravo da molto tempo, ed ero sicuro che non ci saresti andata di mezzo. *Voleva* che tu andassi a quel ballo, perciò si sarebbe fatta da parte. E anche tutti gli altri ti avrebbero lasciato in pace.»

«E cosa mi dici di ciò che è successo in strada quel giorno, con le Erin e Brady? E di quando è passata da me sul lavoro?»

«Se ti avesse semplicemente ignorato, temeva che avresti scoperto le sue intenzioni.»

«Le *vostre* intenzioni. Continui a parlare come se tu non c'entrassi.»

«Era l'unico modo per stare con te senza renderti un bersaglio ancora più allettante. Che possibilità avrei avuto se no?»

«Allora non volevi solo proteggermi.»

«No, lo ammetto. Volevo stare con te e godermi quel momento. Sapevo che non ci avrebbero lasciato in pace ed ero convinto che fosse la soluzione ideale. Se vuoi arrivare alla casa base, a volte ne devi rubare una.»

«Non è un gioco, Weston. Se non fosse andata come pensavi...»

«Se avessi avuto il sospetto di non essere in grado di impedire loro di farti del male, avremmo avuto un ballo tutto nostro, sul cavalcavia, solo io e te. Non avrei rischiato. Hai ragione, mi sono comportato in modo subdolo e questo non è un gioco. Ma alla fin fine non c'era un modo per mollare Alder, stare con te e far sì che andasse tutto liscio. Sarebbe stato un inferno. Ti avrei perso. Avresti deciso che non ne valeva la pena. Mi avresti evitato come la peste e saresti partita per il college, fine della storia.»

Lo guardai. Sembrava che la sola idea lo facesse soffrire. «Ma è cambiato tutto. Avresti dovuto dirmelo.»

«Non ne ho avuto il coraggio, Erin. Quando ho escogitato tutto questo solo per avvicinarti, pensavo di avere una cotta per te. Non credevo che mi sarei innamorato follemente, invece è successo. Sono stato preso dal panico, non sapevo cosa fare.»

«Dovevi dirmi la verità, anche se faceva schifo. Comprese le cose che non mi riguardavano direttamente, come per esempio il fatto che le Erin erano sorellastre.»

Avvicinò il mento al petto per guardarmi. «Sai anche questo?»

«Ho letto i diari, dal primo all'ultimo. So tutto.»

Lui rifletté per un istante e scosse la testa, sbigottito. «Chissà come sarebbe andata se non ci fosse stato l'incidente.»

«Non mi interessa. Impazzirei a fare ipotesi, e devo già occuparmi di un bel po' di questioni concrete. Voglio solo sapere tutta la verità su quanto è successo, Weston. Dopo, potremo andare avanti, tutti quanti.»

«Anche noi?» chiese.

Alzai le spalle contro il suo petto e feci un sorriso. I miei occhi si erano adattati al buio e dal suo sguardo intuii cosa stava pensando.

«Okay, questa è tutta la verità: mi piacevi dalle medie, e ormai eravamo all'ultimo anno delle superiori. Non mi restava molto tempo e mi sentivo disperato. Credi che Sonny fosse abbastanza sveglia da escogitare da sola quel piano? Chi credi le abbia messo l'idea in quella testa bacata?»

«Quindi il piano di umiliarmi al ballo era tuo?» domandai, cercando di mantenere un tono pacato.

Lui si accigliò, deluso che avessi tratto quella conclusione. «Ovviamente no. Ho sfruttato la loro gelosia. A volte ho persino stuzzicato Alder. Ho fatto in modo che mi vedesse mentre ti guardavo di nascosto. Una sera abbiamo litigato di brutto. Ha detto che non avrei avuto nessuna possibilità con te perché tu non avresti mai osato farla infuriare. A quel punto mi è venuta l'idea. E quando ti hanno tirato in ballo un'altra volta, cosa che capitava spesso, li ho provocati. Ho detto che sarei riuscito a convincerti a frequentarmi.»

Inarcai un sopracciglio, perplessa.

Dall'aria implorante di Weston capii che voleva finire di spiegarsi. «Sonny ha dato ragione ad Alder, sostenendo che non avresti mai avuto il fegato di mettertela contro. Era tutto ciò che mi serviva. La mia occasione. Ho scommesso con lei che ti avrei portato al ballo. Dopo aver parlato con Brady, è venuta fuori la storia del film *Carrie*. Allora hanno cercato di coinvolgermi. A quel punto non mi sono tirato indietro, perché finalmente avevo trovato il modo di avvicinarmi a te senza che tu ci andassi di mezzo. Per poterci godere qualcosa insieme.»

«E dopo il ballo cosa sarebbe successo?» chiesi.

«Volevo farti la stessa domanda. E dopo l'estate?» disse intrecciando le dita con le mie. «Verrò in Oklahoma ogni fine settimana se necessario. So che ti sei fatta un'idea di come sarà la tua vita dopo Blackwell, e non ho intenzione di mandare all'aria i tuoi piani. Voglio solo stare con te. Voglio lasciarmi alle spalle Blackwell insieme a te. Guardarti diventare qualsiasi cosa desideri.»

«Troveremo un modo», replicai. «Nessuno dei due sa cosa vuole diventare.»

Mi strinse la mano. «Io sono quello che siamo noi.»

Il labbro prese a tremarmi. Mi ero comportata malissimo, e adesso lui era in un letto d'ospedale e cercava di sistemare le cose. «Non dovresti essere così carino con me. Non mi merito più trattamenti speciali.»

«Ma tu sai da quanto ti amo, Erin?»

Sorrisi e le lacrime mi bruciarono gli occhi. «Da quanto ti amo io.»

Mi attirò a sé e mi stesi accanto a lui, nel suo letto d'ospedale, scorgendo le sagome di Veronica e Julianne sulla porta.

Weston mi cinse con le braccia e fece un profondo respiro appoggiando la testa sulla mia. Ben presto si rilassò e il *bip* del monitoraggio cardiaco rallentò assumendo un ritmo ancor più regolare.

Veronica abbracciò Julianne e si allontanarono insieme in corridoio.

Gli posai la guancia sul petto. Il fine settimana seguente ci sarebbe stato il ballo, e poi la consegna dei diplomi. L'unica mia preoccupazione era il discorso che avrei dovuto fare a Gina. Tutto il resto mi dava la sensazione del pigiama nuovo e delle lenzuola fresche di bucato. Io e Weston avevamo tutta l'estate per stare insieme, e per la prima volta mi resi conto di considerarlo come un inizio anziché come un lieto fine.

RINGRAZIAMENTI

Come sempre, grazie infinite a mio marito, Jeff, e ai miei figli per la pazienza e la comprensione. Scrivere non è un lavoro che si fa dalle nove alle cinque, e spesso il mio spirito creativo si risveglia la sera, la notte, nei fine settimana e durante le vacanze. A casa ho goduto di un sostegno davvero incredibile, senza il quale non ci sarebbero sicuramente stati altri libri di Jamie McGuire.

Grazie a Cecil e Patty Stuever, non solo per il permesso di ambientare parte della storia nel loro Dairy Queen, ma anche per aver risposto ad alcune domande importanti.

A Teresa Mummert per avermi ricordato che, malgrado le nostre fonti di ispirazione non siano sempre gradevoli, non dovremmo smettere di parlarne e di condividerle con gli altri.

A Autumn Hull per l'appoggio straordinario che mi ha dato e per la sua compagnia. Alla Wordsmith Publicity per il marketing impeccabile e molto professionale.

A Dan Bringham, mio ex preside, per avermi fornito le delucidazioni necessarie sulle scuole superiori. Le ho finite diciassette anni fa e, nonostante lui sia ormai in pensione, si è dimostrato disponibile e paziente nel rispondere a tutti i miei quesiti.

Grazie infine a Jerry Mann. Ricordo con precisione il giorno in cui, seduti al suo tavolo, Jerry ha scommesso amichevolmente con me cinque dollari che avrei rievocato e desiderato rivivere i miei anni alle superiori. Lui è una delle poche cose di quel periodo che in effetti vorrei riavere.

CONTINUA IN LIBRERIA
La nuova trilogia di Jamie McGuire:

UNA MERAVIGLIOSA BUGIA
UN MAGNIFICO EQUIVOCO
UN'INCREDIBILE FOLLIA

Finito di stampare nel mese di maggio 2015
da Grafica Veneta s.p.a., Trebaseleghe (PD)